COLEÇÃO MUNDO AFORA

Jacobo Bergareche
Os dias perfeitos

TRADUÇÃO
Marina Waquil

*mundaréu

@Editora Mundaréu, 2023 (esta edição e tradução)
©Jacobo Bergareche & Libros del Asteroide SLU, 2021

Todos os direitos reservados a e administrados pela Libros del Asteroide, Barcelona.
Edição publicada mediante acordo com SalmaiaLit, Literary Agency

Título original
Los días perfectos

EDITORA
Silvia Naschenveng

CAPA
Estúdio Pavio (a partir da tela "Kiss by the window", 1892, Edvard Munch, Museu Nacional da Noruega).

DIAGRAMAÇÃO
Luís Otávio Ferreira

PREPARAÇÃO
Elisa Menezes

REVISÃO
Vanessa Vascouto e Vinicius Barbosa

Ilustrações das páginas 51-100: ©Jacobo Bergareche

Cartas de William Faulkner para Meta Carpenter usadas com permissão de W. W. Norton & Company, Inc.

Edição conforme o Acordo Ortográfico da Língua Portuguesa (1990).

Dados Internacionais de Catalogação na Publicação (CIP)
Angelica Ilacqua CRB-8/7057

    Bergareche, Jacobo
    Os dias perfeitos / Jacobo Bergareche ; tradução de Marina Waquil. — São Paulo : Mundaréu, 2023.
    160 p. : il. (Coleção Mundo Afora)
    ISBN 978-65-87955-19-3
    Título original: Los Días Perfectos
    1. Ficção espanhola I. Título II. Waquil, Marina III. Série
    CDD P863   23-6346

Índices para catálogo sistemático:
1. Ficção espanhola

2023
Todos os direitos desta edição reservados à
EDITORA MUNDARÉU LTDA.
São Paulo — SP

🌐 editoramundareu.com.br
✉ vendas@editoramundareu.com.br
📷 editoramundareu

Os dias perfeitos
Los días perfectos

*Para Sergio, Mundo, la Vieja, Shaun
e todos os amigos de Austin.*

*Agradecimentos à equipe do
Harry Ransom Center.*

Reinei por mais de cinquenta anos na vitória ou na paz, amado por meus súditos, temido por meus inimigos e respeitado por meus aliados. Riquezas e honras, poder e prazer estavam à minha disposição, nenhuma bênção terrena parecia estar fora do alcance de meus desejos. Nessas condições, contei diligentemente os dias de pura e genuína felicidade que tive a sorte de viver: somam catorze.

Abderramão III

De Luis para Camila

Austin
Junho de 2019

Querida Camila,

    Agora percebo que no último ano os momentos de felicidade mais recorrentes e reais da minha vida foram os que Carmen, minha filha mais nova, chama de *guerra*. É um breve ritual de luta simulada que Carmen exige de mim muitas noites, antes de ir para a cama. Ela me olha furiosa e joga seus braços e pernas na minha direção com movimentos ameaçadores inspirados em alguma arte marcial que deve ter visto no pátio do colégio, e eu devo agarrar um de seus membros no ar, imobilizá-la, fazê-la girar em meu braço em uma cambalhota e atirá-la no colchão da cama, então ela tenta se levantar e eu tenho que impedi-la com alguma violência, empurrando-a para trás quando se levanta, ela se estatela no travesseiro e tenta se levantar novamente, e eu a empurro para trás de novo. Depois agarro seus tornozelos e, com um tranco, viro-a e a deixo de bruços, e uma vez de bruços, faço cócegas nela até que diga chega. Ela resiste o máximo que pode antes de se render, entre gargalhadas e gritos. Às vezes algo dá errado, e ela bate no meu nariz e me machuca, ou eu cravo as unhas nela e deixo uma marca, ou ela bate contra a parede e acaba chorando. Mas na maioria das noites ela me pede mais, exige uma repetição da cambalhota, do giro pelos tornozelos e das cócegas nos pés e me chantageia dizendo que se não prolongarmos a guerra não vai me dar um beijo de boa noite, sabe que meu dia não termina bem sem seu beijo de despedida antes de dormir. Há dias em que não estou em casa na hora de Carmen dormir, e há outros em que estou tão cansado que não consigo jogá-la prudentemente no ar com a segurança de que não vou quebrar seu pescoço ou que seus tornozelos não vão escorregar das minhas mãos. Nesses dias, muitas vezes me torturo pensando que talvez não haja mais guerras, que sem saber perdi a última chance de uma guerra com Carmen, que no dia seguinte ela não vai querer, nem no dia depois, e de repente ela terá crescido e já não vai sentir vontade de ser sacudida assim, nem de ter ataques de riso provocados pelas cócegas, já não vai querer vender a um preço alto seu beijo de boa noite, vai dá-lo de uma vez para se livrar de mim. Porque assim como um dia, há cerca de um ano, começou a exigir uma guerra antes de dormir, haverá um dia em que deixará de pedir, e por mais que eu tente comparecer pontualmente a todas as guerras, sei que é inevitável a chegada dessa última guerra, e que não saberei identificá-la como a última (a menos que termine em alguma desgraça, como ela bater a nuca contra o tampo de uma mesa de maneira fatal, algo que eu já pensei que poderia acontecer, porque infelizmente tudo que pode acontecer acaba acontecendo com alguém em algum momento) até que noite após noite faltemos a nosso encontro, porque estou viajando, ou ela está em um acampamento de verão, e o tempo passe sobre as nossas guerras, e ela cresça e eu fique mais velho, e nossas guerras se tornem uma lembrança feliz da infância e finalmente se concretizem em um número exato e fechado, o número de guerras que tivemos, uma primeira, muitas outras, e uma final. Um número que nunca saberemos, porque não contabilizamos nossas guerras, mas que nem por isso consigo esquecer que é um número exato, e que houve um primeiro ritual e que, mais cedo ou mais tarde, virá outro e será o último. Isso não acontece só em relação às guerras com Carmen, acontece frequentemente em relação a tudo de que gosto de repetir, quantas vezes já me despedi em um almoço de domingo com a minha mãe pensando que poderia ser o último, quantas vezes fui viajar e beijei meus três filhos, e quando os perdi de vista pensei que talvez aquele tivesse sido o último beijo, porque talvez o avião caia, ou talvez eles morram em um incêndio absurdo causado pelo umidificador com o qual minha esposa acha que previne a tosse das crianças, e que eu particularmente não acho que tenha mais eficácia que um remédio à base de ervas. E isso também acontece em relação a você, sim, desde a primeira vez que te beijei e fui para a cama desejando que aquele primeiro beijo, tão improvável, tão inesperado, não fosse o último, e no dia seguinte, quando você me deu o segundo beijo, comecei a contar todos que demos nos três dias de duração do nosso primeiro encontro. Até nos reencontrarmos, passei tantas noites lutando contra o fantasma do último beijo, resistindo à ideia de que já tinha te dado aquele beijo sem perceber que era o último, e que tudo tinha acabado, a cortina tinha descido, as pessoas tinham ido embora e eu ainda estava sentado na plateia esperando a próxima cena. Quando, depois de um ano, voltamos ao local do crime e você me deu aquele beijo no aeroporto antes que eu pudesse dizer o que durante o voo inteiro havia planejado dizer quando te visse novamente, fiquei calmo e finalmente parei de contar, perdi o medo da finitude, me convenci de que aquilo se repetiria todos os anos, o último beijo parecia não estar mais à vista, estava perdido em um futuro distante.

Quanto tempo devo ter perdido alimentando ansiedades que obscurecem minha mente como uma névoa passageira toda vez que algo me lembra de que tudo que não quero perder teve um começo e um dia terá um fim. Tento fugir rapidamente desse pensamento estéril, antes que a visão concreta de uma última vez tome forma na névoa da minha consciência, deixando-me absorto em sua contemplação, e eu não possa mais proteger meu espírito da influência que essa visão terá sobre ele.

Por isso, agora que tenho em mãos uma pasta com a correspondência de um famoso escritor para sua amante — ambos falecidos há muito tempo —, não consigo deixar de me angustiar: vejo a primeira carta de uma história de amor despontar no início desta pasta, e ao mesmo tempo posso ver a última carta no final, e não consigo evitar fazer o cálculo, por alto, de todas as folhas que estão entre as duas cartas, a primeira e a última, e estimar em cada ponto as cartas que faltam para que essa relação se extinga. Pode-se dizer que o conjunto de evidências desse romance que restam no mundo tem apenas meio centímetro de espessura e cabe em um espaço de trinta e cinco por vinte e cinco centímetros, mais ou menos o tamanho das pastas brancas em que estão classificadas as cartas da caixa 11 do arquivo de William Faulkner no Harry Ransom Center com as quais estou matando tempo esta manhã, e com as quais suspeito que vou perder o dia inteiro, e os próximos dias, até esquecer completamente o propósito da minha visita, pelo qual já perdi todo o interesse. Eram papéis muito tentadores, cheguei a eles, como te disse, por acaso, e neles descubro uma possibilidade de encontrar respostas, os leio com um gosto semelhante ao dos adolescentes que leem dicas românticas nas revistas juvenis. E, no entanto, assim que vejo a pasta, sou tomado por novas perguntas. Qual foi o tamanho da nossa história (vamos chamar de *nossa história*, por falta de nome melhor)? Que vestígio deixou, que resíduo, que cinzas? Não há registro. Apaguei tudo, absolutamente tudo, e acho que você também. Só sei que no ano passado te vi por quatro dias nesta mesma época, nesta mesma cidade, e que no ano anterior te vi por outros três dias, na mesma época e na mesma cidade. Ver não é suficiente. Eu a tive, você me teve. Nós tivemos um ao outro.

Me pergunto se há um servidor ativo em algum porão em Dakota do Sul ou em Malta que ainda hospede uma cópia arquivada de todas as nossas mensagens excluídas. É verdade que resta um par de fotos de paisagens que contemplamos e que ambos compartilhamos nas nossas redes, mas sempre com extremo cuidado para não deixar o rastro de um de nós. Só em alguma foto do Instagram permanece o desenho irrepetível das nuvens no céu de um dia que passamos juntos. E, sim, também tenho o livro que você me deu naquela livraria de Austin, e agora me arrependo muito de ter pedido que você não escrevesse uma dedicatória para mim, de ter dito com tanta covardia e prudência que era melhor não deixar nenhum vestígio *de nossa história*, porque agora sinto uma necessidade súbita, depois de ter espiado brevemente e com muita inveja esta correspondência privada do sr. Faulkner, de conservar um pequeno vestígio, um traço, um indício que lembre que *nossa história* existiu, que nossa história foi. É um desejo que seria melhor não alimentar. Até entrar neste local, me sentia muito aliviado justamente pela ausência de resíduos, por não ter um fetiche que ao tocar me fizesse entrar no carrossel de fantasias do que poderia ter sido esta semana aqui com você, estava feliz por não ter fotos que trouxessem de volta a lembrança das quatro noites que passei aqui com você no ano passado ou das outras três noites que passamos no ano anterior. Acho muito difícil acreditar que só passamos sete dias juntos, mas é que realmente ocupam tanto espaço em mim que mal consigo pensar em outra coisa enquanto ando por esta cidade, e ainda mais sabendo que você está aqui agora, talvez a menos de quinhentos metros, e que estará aqui nas próximas quatro noites. Tinha me proposto a não escrever para você, a aceitar sua decisão sem pedir nenhuma explicação, tomei como uma ordem o que você havia me pedido em sua mensagem final: "Meu marido decidiu me acompanhar de última hora, por favor, não me escreva mais. Vamos terminar por aqui, vamos ficar com a lembrança. Tchau, te amo".

Apaguei a mensagem depois de ler vinte vezes, então apaguei também o seu número de celular para evitar qualquer tentação (não consigo esquecer seu e-mail, era tão fácil). Esse *vamos ficar com a lembrança* com o qual você tenta me consolar é o que foi se tornando um problema para mim, porque para ficar com ela preciso guardá-la em algum lugar: já sabemos que as lembranças que não se sustentam em imagens, palavras ou objetos se desvanecem aos poucos na memória, perdem a nitidez, suas cores se diluem, e no final resta apenas um borrão de luz contra a escuridão que acaba engolindo tudo.

Vamos ficar com a lembrança, você me diz, e com essa mania que tenho de identificar as últimas vezes, percebo que essa frase é provavelmente a última ação que conjugaremos no plural da primeira pessoa, nossa última aparição conjunta na primeira pessoa do plural de um tempo presente. Provavelmente é melhor não ficar com a lembrança, ainda não sei ao certo que bem pode nos fazer guardá-la, mas se, como você me pede, tivermos de ficar com a lembrança, primeiro precisaremos construí-la de forma que permaneça, ou seja, terá que ser preservada de forma que possamos ficar com ela. Eu só tenho a linguagem para embalsamar. É por isso que você vai permitir que eu te escreva esta carta que provavelmente nunca vou enviar, mas me basta saber que estou falando com você, quero me ouvir falando um pouco mais com essa voz que eu tinha para você, a voz que você fazia brotar. É tão lamentável, brega e vergonhoso, quero me ouvir falar com essa voz que logo vai se perder no seu silêncio, quero ouvir mais um pouco esse instrumento que aprendi a tocar tão bem e que só servia para que você ouvisse.

Enquanto escrevo isto, me pergunto se realmente só nos apaixonamos por nós mesmos, se o que realmente temo perder é a possibilidade de ser a pessoa que estava apaixonada por você, essa pessoa que pode fazer, dizer e sentir as coisas que uma pessoa apaixonada faz, diz e sente. É uma dúvida razoável, afinal só passei um total de sete dias com você, ou mais exatamente três dias, seguidos de um ano de ausência, e mais quatro dias, seguidos de mais um ano de ausência que deveria ter terminado ontem, com um reencontro épico em um aeroporto. Também preciso contar o tempo sem você, porque a ausência também moldou *nossa história*, assim como o silêncio molda a música, e as sombras, a pintura.

Depois dos primeiros três dias que passei com você, há dois anos, percebi que, mais do que ter voltado a Madri, o que tinha feito na verdade era voltar à minha vida, porque tinha saído dela, tinha vivido três dias em outra vida. Outra, que era completamente minha também, que me dava esta voz que só surgia quando eu estava com você, em que não cabia mais ninguém e em que a minha vida habitual, que aparentemente agora é a única que tenho, desaparecia até que sua ausência começasse. É possível ter mais de uma vida, mas não se pode estar em mais de uma ao mesmo tempo, e você só sabe que tem uma vida quando de repente olha para outra vida que poderia ter sido sua.

Sempre tivemos a delicadeza de evitar falar de nossas outras vidas (vidas ou parceiros, não sei bem que termo usar), e as escondemos mutuamente em compartimentos herméticos, higienicamente, para que umas não contaminassem as outras. Não queria ouvir a sua opinião sobre essa vida à qual devo voltar, nem queria imaginar você na sua, nem considerar suas luzes ou sombras, nem me comparar a seu marido, nem comparar você a minha mulher. Era importante que nos libertássemos daquilo que somos quando não nos vemos, daquilo a que temos de voltar. Isso não vai mudar agora, não vou falar com você sobre a minha vida, pelo menos não em termos concretos, sigo na metáfora para te dizer que quando você chegou a minha vida parecia um enorme navio, carregado de contêineres empilhados, uns cheios de lixo tóxico, outros cheios de ilusões com prazo de validade, responsabilidades, preocupações, outros transbordando de desejos reprimidos. Era um navio insuportavelmente lento em um oceano amplo demais. Toda manhã acordava esperando que o mar estivesse calmo, que logo aparecesse um porto em que pudesse descarregar, porque com todas as tempestades pelas quais tínhamos passado, todos aqueles contêineres empilhados haviam se deslocado, e o navio já havia adernado perigosamente. Foi no meio dessa viagem que conheci você, e surpreendentemente os poucos dias que passamos juntos pousaram no navio como um contrapeso preciso, o navio voltou a equilibrar-se, começou a navegar mais rápido, chegou ao porto e finalmente descarregou dezenas de contêineres.

Três ou quatro dias por ano é a medida perfeita da fuga, não devem ser muitos mais. A parte de nós que escondemos dos outros deve ser pequena, caso contrário, nos tornamos totalmente estranhos para as pessoas a quem pertencemos e, pior ainda, acabamos nos transformando em conhecidos justamente para as pessoas com quem desfrutamos de um trato íntimo entre desconhecidos. Chega um momento da vida em que só com desconhecidos podemos falar, sem medo de assustá-los ou decepcioná-los, sobre nossos desejos ocultos, sobre aquilo em que deixamos de acreditar, sobre o que não queremos mais ser e sobre o que passamos a ser.

Estou ficando insuportavelmente poético (no pior sentido da palavra poético, talvez a palavra correta seja brega), estou ficando engasgado com toda essa questão alegórica de *La voz a ti debida* e do navio da vida. Eu que tinha vindo a Austin principalmente para usar expressões que você me ensinou, para dançarmos com mão-boba, para trocarmos carícias, para uns amassos no táxi de volta ao hotel, e para trepar, afogar o ganso (minha expressão favorita, sem dúvida), furunfar, bimbar e, como dizemos geralmente, dar umazinha, umazinha sonhada, ensaiada e desejada por um ano inteiro, mas não. Em vez disso, estou aqui, viajando com metáforas, vestindo o cadáver *de nossa história* com mais camadas que uma múmia egípcia. A alternativa é tentar não pensar em você, não pensar que você está andando por este mesmo campus enquanto tento escrever bonito (brega), que talvez esbarre em você ao sair do Harry Ransom e, em vez disso, me concentrar no que eu vim fazer aqui, que era inventar uma reportagem para encher quatro ou cinco páginas do suplemento dominical do jornal, porque o diretor financeiro, que agora é quem manda de verdade em tudo, não via por que me pagar uma viagem só para ir ao congresso, *para o jornal, de que adianta você ir a esse congresso se agora todas as sessões são transmitidas em lives*, talvez se ele tivesse nos visto dançar no White Horse não teria dificultado tanto as coisas para mim, teria entendido que a felicidade que eu pensava em trazer de volta beneficiaria toda a redação. Mas é assim que as coisas funcionam em um grupo de comunicação espanhol, uma barganha, *eu pago a sua viagem, mas no voo mais barato, com três escalas, Holiday Inn, alimentação à base de sanduíches, e além disso você nos traz uma reportagem ou algo que justifique o gasto*. Imagino que no ano que vem não vão nem me pagar a viagem, dificilmente conseguiria arrancar mais de uma reportagem de Austin e, mesmo que conseguisse, não importa, o principal incentivo para a viagem desapareceu, vir para lembrar não é um bom plano, sempre tentei acreditar que não acredito em nostalgia.

A verdade é que deste lugar, o Harry Ransom Center, dá para espremer o suficiente para encher várias páginas de todos os tipos de suplementos e seções. Você já o conhece por fora, é aquela fortaleza cúbica de concreto armado que parece um bunker que emergiu do subsolo onde a fonte do campus, na 21, foi empurrada para a superfície por um movimento tectônico. Dentro deste cubo cinza estão quarenta e três milhões de documentos que, entre outras coisas, incluem duas das bíblias originais de Gutenberg, a primeira foto de Nicéphore Niépce, alguns *first folios* de Shakespeare, os arquivos completos ou parciais de gênios vivos e, principalmente, mortos, o mágico Houdini, Poe, Conan Doyle, Jean Cocteau, Gabriel García Márquez, Joyce, Beckett, David Foster Wallace, Coetzee, Ishiguro, Anne Sexton, David O. Selznick, Robert de Niro, Arthur Miller, Aleister Crowley, Paul Bowles, Lewis Carroll, Faulkner, Borges, Baroja (como Baroja foi parar no Texas?),

Hemingway, Malcolm Lowry, a agência Magnum, todo tipo de livros raros, os papéis do Watergate de Bob Woodward, partituras manuscritas de Verdi, Stravinsky, Ravel, escritos de Newton, folhas de cálculos de Einstein, só com isso você começa a ter uma mínima ideia: é um arquivo infinito. É difícil acreditar que esse tipo de biblioteca de Alexandria da nossa época tenha ido parar em uma cidade tão pouco conhecida no centro do Texas, o último estado que alguém associaria a qualquer tipo de repositório da alta cultura. Qualquer um se perguntaria o que isso está fazendo em Austin, como veio parar aqui. Esse lugar me passou completamente despercebido nas minhas duas visitas anteriores a Austin, em geral está sempre no final de toda lista de coisas para ver nesta cidade, antes vão sugerir ver a loja de botas de cowboy na South Congress Ave, o churrasco de Aaron Franklin, o circuito de Fórmula 1 ou a colônia de morcegos sob a ponte da Congress Ave. Pergunte a qualquer cara na rua sobre o Harry Ransom Center e ele não vai saber dizer o que é, muito menos onde fica. Eu nunca saberia da existência desse arquivo se o jornal não tivesse apontado uma arma para a minha cabeça com a história de que ou eu trago algo para preencher as páginas do suplemento ou não há viagem para Austin este ano.

Antes de chegar a Austin, consultei no site do HRC várias listagens de acervos procurando os assuntos mais descaradamente óbvios para preencher uma lacuna no suplemento de domingo, ou seja, os papéis do Watergate de Bob Woodward ou os cadernos e pertences de Gabriel García Márquez, qualquer uma dessas coisas poderia me ajudar a criar algo publicável em pouco tempo. A ideia era entrar no HRC de forma fugaz, com um plano, como um ladrão que sabe o que está buscando, tirar fotos de alguns papéis medianamente interessantes que leria depois em uma tela, sair dali rápido e assim me livrar de toda a pesquisa para o artigo. Uma vez resolvido o assunto do trabalho encomendado, eu assistiria a algumas conferências do congresso, as que coincidissem com suas aulas, e ali publicaria duas ou três fotos e tuítes para construir meu álibi. O resto do tempo seria livre e ia passar todo com você até nossa despedida no aeroporto com lágrimas, babas, gemidos e talvez até nariz escorrendo. A órbita do planeta-de-nossa-história era muito estreita, os dias duravam sessenta minutos, as horas sessenta segundos: desperdiçar uma manhã era como jogar metade da vida no lixo.

Então, depois da despedida, seria hora de passar pela câmara hiperbárica para sobreviver à imersão, para expulsar os efeitos dessa outra atmosfera do meu sistema, para isso faria uma escala de uma noite em um hotel de Nova York e daria "uma de Peláez", que é como chamamos na redação as reportagens que se escreve de uma só vez e correndo contra o tempo, depois de ter passado uma semana sem escrever uma única palavra, viajando e vivendo a vida às custas do jornal, reportagens que são entregues um minuto antes do fechamento, no começo da viagem de volta, e que são elaboradas com a inestimável ajuda de qualquer estimulante e de uma garrafa de uísque, como sempre fazia um tal de Peláez, que não cheguei a conhecer porque teve uma parada cardíaca em Bangkok bem quando comecei a trabalhar ali, mas que deu nome a um estilo de vida que, com o pouco que nos pagam hoje para viajar, é mais uma lenda do que uma realidade, porque sou eu mesmo que tenho que pagar pelo hotel de Nova York e pelo vício. Eu me trancaria, então, para escrever de uma só vez uma reportagem em um hotel em Nova York, e em seguida me destruiria até que tudo o que aconteceu em Austin se dissolvesse em uma solução tóxica, perdesse a nitidez de um ontem para se tornar gasoso como as formas de um sonho, e no dia seguinte voltaria a Madri abobalhado, sonolento, incapaz de elaborar pensamentos complexos, com o trabalho feito, com saudade de casa, com fome de sobras e sanduíches, com o corpo no sofá, com direito a um cobertor e aos caprichos de doente, fingindo que a ressaca é cansaço do dever cumprido misturado com *jet lag*, comer deitado, dormir de dia, ficar de cueca até a manhã seguinte, deixar de ser, apenas estar.

Mas você mudou meus planos e, como costuma acontecer nesse tipo de situação, o tempo se condensou e agora se estende de uma maneira diferente, tornou-se um recurso hiperabundante, que inunda tudo, e superar esse pântano de horas até a hora de voltar é como nadar em óleo. Não estou contando tudo isso para fazer você se sentir mal — embora, quem sabe, talvez inconscientemente seja exatamente isso que esteja tentando fazer —, mas para explicar que passei horas e horas na sala de leitura do Harry Ransom Center, que não tem janelas, nem ecos, nem sons, está envolta em uma escuridão parcial, de onde emergem os pequenos focos de luz das lâmpadas que um punhado de pesquisadores acendem aqui e ali quando examinam silenciosamente um manuscrito. Entendi que isso é o mais parecido com um tanque de isolamento sensorial que eu poderia encontrar esses dias, um refúgio, e não tenho nenhuma pressa em resolver essa reportagem tapa-buraco. Entrei querendo me perder entre os quarenta e três milhões de documentos que poderia solicitar nesta sala de leitura, tive que deixar tudo em um armário e assinar uma autorização que me permite tirar fotos dos originais desde que não os compartilhe publicamente sem antes obter uma autorização. Há um balcão em uma das extremidades da sala atendido por dois bibliotecários de aparência bastante estranha, um homem careca-cabeludo, com suspensórios e barba grisalha na altura do peito, e uma senhora com cabelos também grisalhos desgrenhados e olhos miniaturizados pelo efeito ótico das lentes grossas dos seus óculos. Ambos entregam os materiais aos pesquisadores da sala e garantem que sejam manuseados com o devido cuidado, com pinças, entre lâminas de acetato, retirando as folhas de papel uma de cada vez. Eles se certificam de que você não masque chiclete, não use outro instrumento de escrita além dos lápis que lhe dão, use apenas as folhas amarelas deles para fazer anotações, folhas de papel entre as quais suponho que será mais difícil esconder um documento devido ao contraste de cor. Eles não emitem uma única palavra desnecessária, não poupam ou desperdiçam um único centímetro em seus movimentos para atender um pedido, se movem como se estivessem praticando tai chi, sem fazer um único ruído, cada um de seus movimentos é exato e preciso, nem muito devagar nem muito rápido, depois de algum tempo se tornam invisíveis e se confundem com a mobília, a regra geral pela qual se regem é nunca perturbar o clima de concentração dos pesquisadores que também passam horas em silêncio estudando manuscritos, notas escritas à margem de um livro, rasuras em uma prova editorial, o carimbo de uma carta. Valeria a pena visitar o *reading room* do HRC só para observar e se deixar contagiar pela quietude desse lugar pensado para a hiperconcentração, montado para quem quer mergulhar nas coisas como se fossem batiscafos.

É muito surpreendente a facilidade com que me entregaram a correspondência estritamente privada de um homem — no caso a de um ganhador do Prêmio Nobel — que nunca pensou que essas cartas seriam lidas por alguém além de seu destinatário.

— Bom dia, o que o senhor está procurando? — me perguntou gentilmente uma bibliotecária em um tom perfeitamente calculado para que não pudesse ser ouvido a mais de um metro e meio do meu rosto.

— A correspondência de Faulkner com sua amante. Em seu site, diz que é a caixa 11 do arquivo de Faulkner.

— Perfeito. Vão trazer para você.

Não posso dizer que seja um grande fã de Faulkner, na verdade. Já tentei lê-lo, quando ainda estava preocupado em ler os livros canônicos que se espera que um homem culto tenha lido, antes de perceber como é fácil sobreviver bravamente a qualquer jantar metido a culto em Madri sem ser desmascarado — basta saber que Joyce era irlandês, não há necessidade de sofrer o tormento de ler *Ulisses*. Apesar de não ter lido muito dele, gosto bastante de Faulkner, adoro seu bigode, seu cachimbo e seu jeito de fazendeiro do Mississippi. Eu o vejo e penso que sairia para beber com ele e até o deixaria sozinho com meus filhos (essas são as duas perguntas que me faço ao julgar um estranho pela aparência). Lá em casa temos todos os seus livros, é o escritor preferido de Paula, que já leu o cânone ocidental inteiro (parece que não vou conseguir evitar falar da vida para a qual estou voltando, me desculpe, talvez esta carta seja, na verdade, uma carta que estou escrevendo para mim mesmo). Só consegui terminar *Palmeiras selvagens* e porque Paula me deu quando começamos a namorar. Quando sua namorada te dá um livro no início do relacionamento, é inevitável devorá-lo pensando que o livro contém alguma mensagem especial que ela esteja tentando transmitir usando as palavras de outra pessoa. *Entre a dor e o nada, fico com a dor*, diz o narrador no final do romance, depois de uma história de amor chocante com uma mulher casada que acaba mal como qualquer história de amor (acabei de te dar um *spoiler*, não me odeie). Na hora não entendi muito bem o que Paula estava tentando me dizer. Curiosamente, depois de ler todas essas cartas — uma em particular, que deixo para um final apoteótico —, acho que só agora finalmente entendi.

No escritório tenho emoldurado o discurso de aceitação do Nobel de Faulkner, Paula me deu de presente como se fosse um credo quando comecei a trabalhar no jornal, para que eu sempre tivesse clareza sobre as coisas que valiam a pena escrever, que são justamente aquelas sobre as quais ela nunca escreveu, muito menos eu. Por isso talvez o discurso esteja guardado numa gaveta, tinha vergonha de pendurá-lo na redação, teria feito papel de idiota. Não suporto quando as pessoas emolduram citações inteligentes, muito menos aquelas que postam citações de autores que não leram.

Quando vi no site do HRC que parte do arquivo dele estava aqui, pensei em mandar uma mensagem carinhosa para Paula, com a foto de um de seus manuscritos. Vi que entre os muitos papéis havia uma pasta com a correspondência de Faulkner para sua amante, uma tal de Meta Carpenter. Não tenho certeza de que Paula me perdoaria por uma aventura, mas não tenho dúvida de que se fosse com Faulkner, por quem ela sente muito mais admiração do que por mim, tentaria entendê-lo em vez de condená-lo, ou talvez até o justificasse. De repente fui tomado por uma imensa curiosidade, uma curiosidade um tanto indecente de saber o que realmente caracterizava a aventura de um ser superior, esse ser que ocupa grande parte da biblioteca da minha casa e que escreveu o primeiro livro que minha mulher me deu de presente. Abri a pasta constrangido, como quem se agacha num esconderijo para espreitar a intimidade de um estranho.

A primeira de todas essas cartas foi postada em abril de 1936. No centro da parte superior, contém um timbre impresso em tinta verde: *Beverly Hills hotel and bungalows*, com a ilustração de um prédio caiado de estilo colonial, em meio a morros pelados, com algumas palmeiras. O texto manuscrito é um bloco perfeitamente retangular e estreito, distribuído na página em branco como uma coluna sólida, limpa, sem palavras rasuradas, todas as linhas têm a mesma largura — cada uma repousa sobre a anterior perfeitamente nivelada, separada pelo mesmo espaço que a linha anterior. As letras também tendem a ser colunas, erguem-se como linhas retas para cima, os Ts, os Fs, os Ds, os Gs, não passam de arames verticais, indistintos uns dos outros. Os caracteres como um todo parecem alvenaria. Mais do que um texto escrito, é um texto edificado, como uma esguia torre de tijolos contra um céu branco, em ambos os lados do texto há muito ar. A letra tem uma qualidade arquitetônica; parece que Faulkner, mais do que escrever, foi construindo seu próprio pensamento em forma de edifício. Você que é arquiteta concordaria comigo.

BEVERLY HILLS
HOTEL AND BUNGALOWS
BEVERLY HILLS
CALIFORNIA

8:00

I am all night ayoiu, and I want to see you. Can I? You are badly in my blood and bone and life, my dearest dear. You can't help that now. and I don't think I would if I could. Only you are goin to have to tell me if I will be of harm to you. I have finished the script. and I think I shall go back home soon. I don't intend to until I see you again though. Will you call me and say when?

10:30 Now that I talked to you, I had to write something else in here. Mela. Mela. beloved. precious sweet, beloved beloved. I want to say goodnight to you, but I want to put the words into your hands and into your heart both. And I am to see you tomorrow. Tomorrow. tomorrow.

Incluo aqui a carta original. Transcrevo:

> 8:00
> I am all right again, and I want to see you. Can I? You are badly in my blood and bones and life, my dearest dear. You can't help that now, and I don't think I would if I could. Only you are going to have to tell me if I will be of harm to you. I have finished the script. And I think I shall go back home soon. I don't intend to until I see you again though. Will you call me and say when?
>
> 10:30
> Now that I have talked to you, I had to write something else in here. Meta. Meta, beloved. Precious sweet, beloved beloved. I want to say goodnight to you, but I want to put the words into your hand and into your heart both. And I am to see you tomorrow. Tomorrow. Tomorrow.
>
> (8.00
> Já estou bem e quero vê-la. Posso? Você está intensamente em meu sangue e em meus ossos e em minha vida, minha tão querida. Você não pode mais evitá-lo, e não acho que eu evitaria, mesmo se pudesse. Mas você vai ter que me dizer se eu vier a te fazer mal. Terminei o roteiro. E acho que voltarei para casa em breve. Mas não pretendo voltar antes de vê-la novamente. Você me liga e me diz quando?
>
> 10.30
> Agora que falei com você, tive que escrever outra coisa aqui. Meta. Meta, meu amor. Minha doce querida, amada amada. Quero te desejar boa noite, mas quero pôr as palavras tanto em suas mãos como em seu coração. E devo vê-la amanhã. Amanhã. Amanhã.)

É uma torre de texto com dois andares, dois blocos de mesmo tamanho, sobrepostos um ao outro, cada um deles encabeçado pela hora em que foram escritos. O primeiro bloco logo após o pôr do sol em uma tarde de abril. Olho novamente para o timbre e imagino que de uma daquelas janelas do hotel caiado Faulkner está olhando a noite cair, e na escuridão seu desejo se acende, e ele o vê nascer, o ouve e o alimenta com linguagem. Ele quer vê-la e diz isso para aquele pedaço de papel como se, ao escrever, ela fosse ouvi-lo, *You are badly in my blood and bones and life*, pergunta se ela vai ligar para ele, *Will you call me and say when?*

Duas horas e meia depois, tarde da noite, cai o próximo bloco de texto, de tamanho semelhante ao anterior. Conta que acabou de falar com ela ao telefone, sente que precisa escrever mais. *Meta. Meta, beloved. Precious sweet, beloved beloved. I want to say goodnight to you, but I want to put the words into your hand and into your heart both* e se despede comemorando que a verá amanhã, e não pode deixar de escrever esse advérbio de tempo três vezes seguidas, com a caligrafia simplificada que em sua ansiedade abandona pelo caminho o traço horizontal.

lomonow lomonow lomonow

De certa forma, esta carta está no formato de um aplicativo de mensagens de celular. Não é uma carta, mas, sim, duas mensagens separadas. Como no mundo digital, cada uma dessas mensagens é marcada pelo tempo em que foi escrita. É impressionante, o cara está escrevendo mensagens de whatsapp quase um século antes de serem inventadas. Claramente a ansiedade de comunicar de imediato o desejo, de elaborá-lo poeticamente com imagens e palavras, de acompanhar o seu crescimento a cada instante são pulsões que já existiam em nós antes da existência dos celulares.

Faulkner está ansioso para saber quando poderá vê-la novamente em seu protowhatsapp das 8h. No próximo bloco, o protowhatsapp das 10h30, ele já sabe quando a verá novamente, é possível pensar que Meta realmente recebeu a primeira mensagem telepaticamente e em seguida ligou para ele.

Devo vê-la amanhã. Amanhã. Amanhã. Assim, três vezes, compreendo profundamente a necessidade de fazer eco à palavra, de repeti-la para vê-la de novo, ouvi-la de novo. Essa palavra foi carregada de possibilidades, inflamada de excitação. Acho que nós dois sabemos que tipo de amanhã é esse amanhã que você pode digitar três vezes seguidas e que continua soando na mente como um mantra.

A última vez que eu soube que ainda te veria de novo foi um desses amanhãs em que mal se pode acreditar, que nem mesmo escrevê-los três vezes os torna completamente reais. Eu tinha esquecido dessa excitação extrema da véspera, que as crianças sentem o tempo inteiro, na véspera do Natal, do aniversário, das férias, da ida ao parque de diversões, e depois de viver tudo isso, mais tarde na vida, deixamos de ter essa excitação inebriante com os amanhãs. E sim, sempre há amanhãs muito esperados, muito empolgantes, que vêm com sua promessa de felicidade, mas quantos amanhãs triplos como esse se tem ao longo dos anos, desses que aprisionam a consciência em um loop feito apenas da palavra amanhã, desses que nos façam falar apenas repetindo-os, invocando-os, conjurando-os, amanhã, amanhã, amanhã, com a necessidade de escrever essa palavra três vezes seguidas porque duas não são suficientes para transferir para um pedaço de papel a força desse amanhã cuja grande promessa é tão simples quanto imbatível: você a verá novamente, a tocará novamente. Não há amanhã melhor do que esse.

Sem dúvida, esses amanhãs logo se desgastam, seu número é fixo desde o início, depois de um tempo os amanhãs que os seguem perdem a capacidade de absorver promessas, deixam de ser triplos, deixam de ser duplos, tornam-se idênticos, e no final se esquece a excitação canina daquelas vésperas que precediam o reaparecimento daquela pessoa que nos fazia repetir amanhã. Amanhã. Amanhã.

Só agora, com esta carta na mão, percebo que também tive essas vésperas com Paula, e gastei todas há tanto tempo que nem me lembrava como era ir para a cama pensando em como esse amanhã me daria o que havia prometido: que roupa ela usaria, que lenço, que desalinho no cabelo, que clima em sua bochecha, que céu em seus olhos, que ânimo em sua voz, que palavras usaria para me receber.

Nosso arranjo era bom, Camila, só havia uma véspera de reencontro por ano, demoraríamos muito para gastar esses amanhãs amanhãs amanhãs. Agora estamos órfãos de vésperas assim, pelo menos eu estou, e é como se tivessem me feito acreditar de novo nos Três Reis Magos para depois cancelarem o Natal. Suponho que o que me resta, ao menos, mesmo que seja um mau consolo, é a recuperação da memória dessas vésperas, das que você me fez sentir, e das que já senti há muito tempo, as que, enterradas, fizeram germinar a vida que agora compartilho com Paula, esta que agora me parece um navio imenso e tão carregado de coisas, com um curso e uma velocidade tão difíceis de variar. Essa que agora é a única que me resta.

Ao reler esta carta tão alheia e tão privada, tão distante no tempo, tenho a impressão de que foi escrita para que eu pudesse enviá-la a você, nela ainda está vivo, girando em um presente inextinguível, preso em um entardecer de abril de 1936, o desejo de Bill (é assim que ele assina a maioria de suas cartas) de estar com a pessoa que desejava, nela esse desejo toma voz e forma, torna-se linguagem para chegar até ela. Esse mesmo desejo do qual agora tiro o pó, e que me faz de espelho, me devolve o reflexo da primeira noite em que poderia ter escrito a você uma mensagem tão efusiva que terminasse com *preciso vê-la amanhã. Amanhã. Amanhã.* Te levo de volta até ele. Foi no segundo dia depois de te conhecer, você não sabe quantas noites tracei na minha imaginação a sinuosa linha dos eventos que precisaram acontecer para que, de um dia para o outro, a palavra amanhã deixasse de ser um mero advérbio de tempo para ser um carrilhão de promessas que ressoam à noite. Vou listá-los:

- O congresso de jornalismo digital e seu seminário de arquitetura coincidiram no tempo e no espaço.
- Estávamos no mesmo avião de Dallas para Austin, você se sentou na minha frente e, quando pousamos, estava apressada para sair logo, abriu o compartimento de bagagem e sua mala caiu na minha cabeça. Você me pediu desculpas várias vezes em inglês, eu sorri para você e disse *don't worry, I'll survive.*
- Nós dois ficamos no hotel da universidade.
- Nenhum de nós conseguiu dormir bem e às 7h da manhã já estávamos descendo para tomar café.
- Fomos acomodados em mesas adjacentes, éramos os únicos clientes naquela hora. Você me reconheceu, pediu desculpas novamente em inglês e perguntou se eu estava bem, eu disse que não era nada, enquanto tentava descobrir de onde era o seu sotaque: brasileiro, indiano, italiano...
- Você falou ao telefone com seu marido naquele momento e ouvi seu sotaque mexicano enquanto você perguntava se seus filhos tinham comido bem no café da manhã, se tinham dormido bem e então se despedia com frieza.

- De café da manhã, nos deram *breakfast tacos*, algo que nos venderam como uma das maravilhas gastronômicas de Austin, Texas.
- Você olhou para os tacos com certa decepção, eu olhava para eles com a empolgação de ver algo quente e fumegante, cheio de ovos e queijo derretido.
- Perguntei o que você, como mexicana, achava dos tacos de Austin, e foi aí que começou a seguinte conversa (que foi mais ou menos assim, desculpe minha interpretação equivocada dos mexicanismos), que acabou sendo definitiva:

— Como mexicana, posso afirmar que isto não é um taco.
— O que é um taco, então?
— Olha, pra começo de conversa, isto, mais que um taco, é um *wrap* atarracadinho, tem forma de cilindro, não é oval nem está dobrado. A tortilha é industrializada, falta porosidade, falta textura, tem a elasticidade de plástico, então a quantidade de recheio é exagerada, escorre, transborda, como tudo que é gringo e que é regido pela regra do *more is more*, do *size matters*. Além disso, o molho não está incorporado ao taco, te dão três molhos para você escolher, em sachêzinhos de plástico, só que o taco é a união perfeita da tortilha, do molho e do recheio... Chamam de taco, mas é uma apropriação cultural.
— Quero que você saiba que acabou de destruir cruelmente toda a minha expectativa.
— Eu não disse que era ruim, só disse que não é um taco.
— Você acabou de me dizer que estou comendo uma apropriação cultural, não soa muito apetitoso — quando eu disse isso você riu, foi a primeira vez que eu vi você soltando uma gargalhada, e você deixou seu corpo se agitar livre, e eu vi seus

dois seios tão perfeitos movendo-se sob sua camisa preta, e toda essa chuva de pintinhas que os cobrem aparecendo depois do último botão fechado, e pensei ali mesmo que queria ver você rir de novo, que deveria tentar fazer você rir de novo. Peguei o folheto que a organização nos deu quando chegamos, *What to see and do in Austin*, e mostrei a você: — Agora você está me fazendo duvidar deste folheto, *start your day with the famous Austin breakfast tacos, whatever you do, don't miss the world famous Texas BBQ.*

— Reparou que usaram *famous* duas vezes seguidas? Os texanos são assim, acham que tudo deles é *world famous* e *historical*.

— Estou notando um certo ressentimento mexicano em relação ao Texas... ou não?

— Não, bem, é que tudo isso era nosso, eles nos roubaram.

— Como espanhol, poderia dizer a mesma coisa, mas não quero ferir hipersensibilidades...

— Sim, é melhor não irmos por esse caminho.

— Ei, aqui tem uma coisa boa: *Learn to dance country music: free dancing lessons every evening in a real cowboy saloon.* Isso sim é autêntico e *world famous* de verdade. Isso vale a pena fazer. Veja a foto — havia dezenas de casais dançando abraçados, com seus chapéus e botas.

— Parece demais.

Aí chegou o momento da vertigem, o ponto em que se abria a fresta de uma possibilidade, a possibilidade de agir. Outro dia li em um breve ensaio de Handke que momentos como esse são o que os antigos gregos chamavam de *kairós*: o momento oportuno, o momento propício para agir. Kairós era um deus do tempo, mas do tempo qualitativo, do momento em que tudo pode mudar para sempre, não um deus do tempo linear, dos momentos mortos e das rotinas, o deus que rege o relógio, os dias, as horas, como seria Cronos, um deus castrado. Nem tive tempo de pensar nisso, até hoje não sei porque ousei ou de onde tirei a audácia, eu mesmo fiquei surpreso, quase apavorado, quando saiu da minha boca um: "Vamos?".

O período em que você pensou em uma resposta diferente daquela que já estava me dando com o sorriso que tentava esconder me pareceu eterno. Me antecipei: "Estou livre às sete, e mesmo que eu tenha que ir sozinho, eu vou. Além do mais, vou comprar um chapéu no caminho. Aqui às sete?".

Você me disse que não sabia, que parecia legal, mas que dependia de como terminassem suas aulas, porque talvez tivesse que jantar com os outros professores do seu seminário. Mas era tudo uma farsa elegante, você já tinha certeza de que viria. Eu ainda duvidava, mas a expectativa já havia se formado em minha mente, a essa altura para mim estava claro que às 18h45 eu estaria esperando por você, e antes de dizer qualquer outra coisa que pudesse inclina-la para a prudência, olhei a hora no celular, fingi surpresa e urgência, levantei da cadeira fingindo digitar um número — "Tenho um *call* agora, desculpe... Então, se você quiser ir para a aula de country, às sete aqui" —. Me despedi e fugi com o telefone colado ao ouvido antes de arruinar minha empreitada.

Fui a três palestras seguidas do meu sarau de jornalismo digital, não ouvi nada do que foi dito. Não tinha como, toda a minha atenção estava presa em um movimento pendular, entre o virá e o não virá. Fiquei num canto olhando a lista de lugares para dançar country, procurando no Instagram fotos dos frequentadores de cada um dos lugares que me apareciam, tentando selecionar o mais promissor, o que oferecesse um percurso maior para todos os desenlaces possíveis. Devia haver lugares próximos para improvisar um jantar ou um pós-jantar, para tomar um drink bem preparado, para passear à noite, para conversar tranquilamente, para dançar outro tipo de música se o country provocasse uma sede furiosa de dança que não fôssemos capazes de saciar com o próprio. Eu ainda nem sabia seu nome, mas aquele breve encontro matinal foi o suficiente para me trazer de volta a um estado de excitação extrema que eu não sentia desde a adolescência, esse mesmo estado que ainda vibra em cada linha desta velha carta de Faulkner. Entre aquele café da manhã e as 19h não havia mais nada que me interessasse, nem as conferências e os colóquios, nem o meu trabalho em Madri, nem a minha vida, nem as dezenas de preocupações, obrigações e aspirações que me assombravam a mente, tudo tinha desaparecido completamente diante da possibilidade de ir dançar country com você, um tipo de música que até aquele dia eu sempre desprezara cruelmente e ao qual agora estava disposto a me entregar sem ressalvas.

Depois de horas pesquisando na internet, ficou claro que o lugar aonde eu deveria te levar era o White Horse. Parecia ter tudo para que as coisas saíssem do controle, para transitar entre o verbal e o gestual, entre bebida e comida, entre brincadeira e dança, um palco com bandas ao vivo, aulas de dança gratuitas, um bilhar, um trono com um engraxate a postos, cowboys de cabelos verdes e pescoços cheios de tatuagens fervilhando pelos cantos e um pátio com chão de terra, mesas compridas e seu *foodtruck* pingando gordura. Era claramente um lugar ao qual eu teria ido até mesmo sozinho.

Já às 16h, escapei de uma reunião entre jornalistas de todos os tipos de meios de comunicação e fui tomar uma cerveja no bar mais deserto que consegui encontrar. O que aconteceu comigo, eu me perguntava. Em que momento nasceu meu desejo, esse desejo que se apoderou da minha boca e te fez uma proposta ousada, esse que agora começava a substituir todos os propósitos originais dessa viagem, que anulou o meu interesse em conhecer qualquer renomado colega do setor, qualquer novidade no jornalismo digital? Eu não tinha certeza se tinha sido ao ver você sozinha no café da manhã, conversando com seu marido friamente, repassando sem vontade a alimentação dos seus filhos, ou se foi mais tarde, ao reparar em todo o contorno do seu corpo, talvez tenha nascido quando você me descreveu de forma brilhante o que era e o que não era um taco, e de repente ficou evidente que esse corpo era habitado por inteligência e senso de humor. Com certeza explodiu completamente nas gargalhadas que vieram depois, quando voltei a vislumbrar sua galáxia de sardas.

 Em todo caso, eu ainda duvidava terrivelmente (e ainda duvido) se meu desejo era anterior a você, se já estava ali, escondido nas sombras da minha imaginação, procurando seu tempo, seu cenário, seu objeto, para vir à tona. Acontece com tantos homens da minha idade, que saem já possuídos pelo desejo, em busca de um objeto que os ajude a alcançá-lo por um instante. Um amigo do jornal diz que a fidelidade é um assunto estritamente nacional. Ele é casado há anos, mas assim que sai da Espanha sozinho, para trabalhar, fica diferente, fareja o ar, parece até que suas orelhas crescem. Não pode deixar de sentir uma imensa frustração se antes de voltar para casa não consegue iniciar uma pequena aventura, um beijo lhe basta, a sedução é o que o motiva, o nascer do desejo é a sua parte preferida. Faz parte do objetivo de qualquer viagem que ele faça. Também tenho outro amigo que já automatizou a infidelidade, que na hora que sai de casa só pensa em transar, se embebeda ou se droga para poder meter sem medo nem prudência nem remorso em tudo que se mova, não tem interesse nenhum em sedução ou em conversa, só em meter sempre que possível e o mais rápido possível. Tenho a sensação de que os dois sofrem de uma espécie de vampirismo com o qual sempre tive medo de me contagiar, por isso tento acreditar que esse desejo que sinto por você nasceu com você, que eu ainda não o carregava dentro de mim como um vírus latente ou, para continuar com minha metáfora náutica: que não era a embarcação leve com a qual eu estava fugindo do navio.

Terminei a cerveja antes que esquentasse meio grau, queria beber mais quatro ou cinco, todo mundo sabe que o álcool encurta o tempo, e aquela distância entre 16h30 e 19h me parecia intransponível. Me levantei para pedir outra, mas o desejo, que já falava por mim, antecipou-se, *can I have the check, please,* você não pode chegar chumbado a esse encontro incerto, eu dizia a mim mesmo, nem cheirando a álcool, você tem poucas chances de que tudo saia como você quer, não as limite ainda mais. Caminhei sem rumo pelo campus por uma hora, na velocidade de quem só quer matar o tempo, parando para olhar as bicicletas estacionadas, os nomes nas caixas de correio, cada pássaro do parque, os adesivos nos carros, e quando me cansei desse constante exercício de distração, entrei no hotel e poderia ter esvaziado o aquífero de Austin depois de um banho que durou quase uma hora e do qual saí tonto. Sequei meu cabelo o melhor que pude para que você não pensasse que eu tinha tomado banho para o nosso encontro. A continuação você já conhece bem. Ficamos no White Horse até as duas, e naquela primeira noite você ainda teve a presença de espírito de me negar a entrada no seu quarto, mas os amassos no carro na volta foram suficientes para que, como o fim daquela carta, eu ficasse me repetindo a noite inteira te vejo amanhã amanhã amanhã.

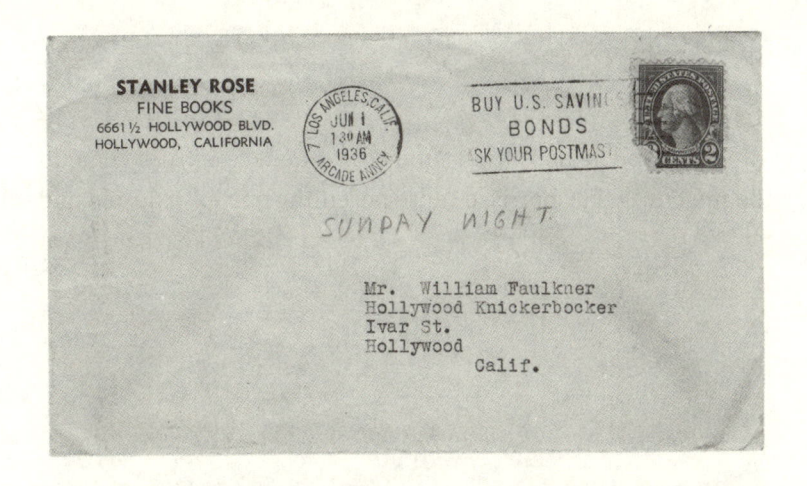

> STANLEY ROSE
> FINE BOOKS
> 6661 ½ HOLLYWOOD BLVD.
> HOLLYWOOD, CALIFORNIA
>
> SUNDAY NIGHT
>
> Mr. William Faulkner
> Hollywood Knickerbocker
> Ivar St.
> Hollywood
> Calif.

A segunda carta no arquivo tem carimbo de junho de 1936 e parece que Faulkner reutilizou um envelope de uma carta que lhe fora enviada, porque ele é o destinatário do envelope: SUNDAY NIGHT, escreve acima de seu nome, é o título desta carta, a única que ocupa mais de uma folha, e no entanto tem apenas duas frases, uma história em quadrinhos com doze cenas a lápis, esquemáticas, numeradas, com enquadramentos típicos do *storyboard* de um filme minimalista, uma história de amor *indie*. Faulkner não precisa de mais de três ou quatro linhas para definir a geografia em que duas figuras, representando Meta e Bill, desenvolvem uma série de cenas cheias de vida e movimento, basta olhar atentamente os quadrinhos, absorver os detalhes, para poder fechar os olhos e flutuar na sequência de plácidos acontecimentos típicos de um domingo de junho em que um homem e uma mulher desfrutam da companhia um do outro. Te garanto que esta carta sozinha vale uma viagem ao Harry Ransom Center em Austin, a vida não é muito mais do que ter passado um único dia como o que ele narra.

Aqui está, não vá compartilhá-la (nem esta nem as outras).

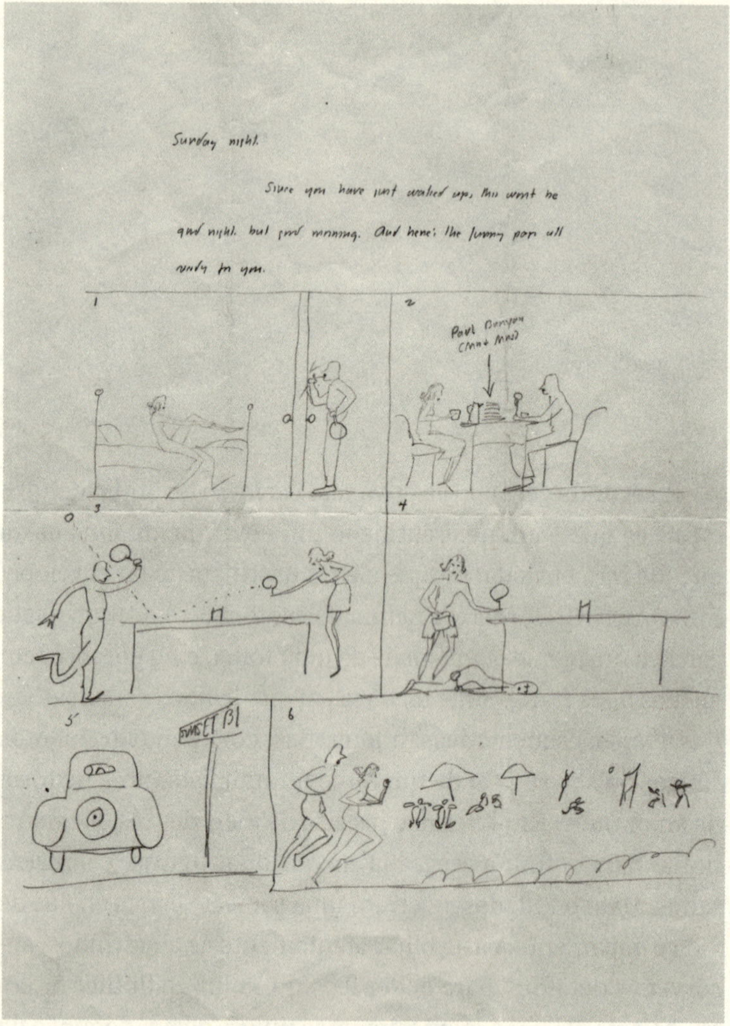

No primeiro quadrinho, Meta sai da cama nua e coloca uma meia em sua perna longuíssima, do outro lado da porta do quarto, Faulkner bate à porta ansioso com uma das mãos e com a outra segura uma raquete de pingue-pongue. Ele se autorretrata com nada mais que um bigode e um cachimbo.

Segue-se um segundo quadrinho onde os dois tomam café da manhã um de frente para o outro e sobre a mesa está o que parece ser uma torre exagerada de panquecas empilhadas em um prato.

Depois vêm dois quadrinhos de uma violenta partida de pingue-pongue em que, aparentemente, Faulkner acaba debaixo da mesa, atirado ao chão, exausto, derrotado. Meta está de pé, destemida, vencedora.

Em seguida, um carro com superfícies muito curvas, com um pneu sobressalente no porta-malas, passa por uma placa que diz SUNSET BLV. Pela pequena janela traseira, com bordas arredondadas, percebe-se um detalhe que não é fácil decifrar: há dois círculos, são as cabeças de ambos, a cabeça de Meta apoiada na de Bill. É um passeio de carro.

No quadrinho seguinte, os dois estão correndo na praia, ao fundo podem ser vistos bonecos de palitinho, alguns são pessoas sentadas sob guarda-sóis, outros são rabiscos que representam atletas prestes a pular, há uma rede, eles estão jogando vôlei.

Então Meta e Bill tomam sol deitados de bruços, com os braços abertos em cruz, dividem a mesma toalha enorme, sobre eles há um sol enorme que começa a se pôr.

Ela pinta os lábios no quadrinho seguinte, é um close de perfil, o ponto de vista de Bill, que se fixa bem naquele momento. Os lábios estão no centro da imagem, ele os desenha pressionando o lápis com força contra o papel até obter a linha mais escura, esses lábios são apenas um borrão, mas há um brilho escuro concentrado neles e imagino Faulkner pressionando quase até quebrar a ponta para que naquela mancha apareçam com vida própria os lábios de Meta que ele tanto quer beijar de novo.

No quadrinho seguinte, os dois brincam olhando o céu do entardecer, sobre a mesma toalha, o sol já meio afundado no horizonte do mar.

Depois eles se reúnem com um casal de amigos, e os quatro bebem canecas de cerveja sentados em volta de uma mesa quadrada em um bar.

No último quadrinho não há mais ninguém, é o único em que não há pessoas. Mostra as roupas de Meta e Bill penduradas em cadeiras, meias, casacos, roupa íntima, uma placa de DO NOT DISTURB pendurada na porta do que parece ser um quarto de hotel, abaixo diz *Good Night*.

A história em quadrinhos é encabeçada por um par de linhas que dizem *Sunday night. Since you have just waked up, this won't be good night, but good morning. And here's the morning paper all ready for you.*[*] Não sei mais sobre a relação entre Meta e Faulkner do que o que se pode deduzir da leitura das cartas, mas o texto parece indicar que ele desenhou esta carta enquanto Meta dormia, no mesmo quarto, talvez em outro cômodo, à curta distância, ele a desenhou assim que ela fechou os olhos, e naquele momento em que ficou sozinho, quando começou o silêncio, começou a preparar a primeira coisa que adentraria a imaginação de Meta assim que ela acordasse. *Since you have just waked up this won't be good night, but good morning.* Queria construir o primeiro pensamento, a primeira lembrança, que iluminasse a mente dela assim que acordasse, se adiantar ao primeiro xixi, à vontade de um gole de água que limpa a garganta ao acordar, ao café que desperta. *And here's the morning paper.* Não sei se é uma crônica das coisas que fizeram no dia anterior, já que os jornais são, fundamentalmente,

---

[*] "Domingo à noite. Já que você acabou de acordar, não será boa noite, mas bom dia. E aqui está o jornal da manhã pronto para você".

uma história enviesada das últimas 24 horas num determinado território (uma cidade, um país, o mundo), ou se, pelo contrário, é um prognóstico emocional do que pode acontecer no dia seguinte, do que Bill gostaria que acontecesse quando Meta acordasse. Em todo caso, parecem cenas já vividas, a crônica de um domingo tranquilo, e como a carta é encabeçada por um *Sunday night*, não creio que seja sua fantasia para o dia seguinte, uma segunda-feira de trabalho. É a crônica gráfica de um dia perfeito, olho para ela e me vem à mente a música do Lou Reed, *oh, it's such a perfect day, I'm glad I spent it with you*. É de fato um dia tão normal, tão calmo, medido em prazeres tão comuns e acessíveis, como os contados por Lou Reed em sua música, que diz que a única coisa que fazem nesse *perfect day* é beber sangria num parque, alimentar os animais no zoológico do Central Park e depois ir para casa.

Bill bate à porta do quarto de Meta com uma raquete de pingue-pongue na mão e a acorda, eles tomam café da manhã, jogam pingue-pongue, ele gosta de levar uma surra de uma mulher mais ágil que ele, dirigem pela Sunset Boulevard, vão à praia, deitam na areia até o pôr do sol, bebem algumas cervejas, voltam para casa (ou para um motel) e deixam as roupas em cadeiras. Nada do que acontece é extraordinário e, no entanto, é um dia perfeito, merece uma reportagem, duas páginas inteiras de um jornal para narrar exclusivamente as notícias extraordinárias desse dia perfeito. Eles não veem o Taj Mahal, não comem em um restaurante com três estrelas Michelin, não fazem uma visita noturna privada a um museu, não tomam MDMA enquanto transam no Standard, não ouvem Rolling Stones ao vivo, não bebem um Krug de trinta anos enquanto abrem uma lata de caviar, não vestem smoking e são recebidos com tochas na casa de um príncipe italiano falido, não acontece absolutamente nada que não possa ser pago por qualquer um, em qualquer dia e lugar, e ainda assim não é preciso ver a carta para saber que foi um dia perfeito. *Just a perfect day.*

Quantos dias perfeitos terei tido na minha vida? Quantos dias que possa desenhar do começo ao fim, em forma de quadrinhos numerados como nesta carta, do café da manhã à hora de dormir?

E sim, há muitos dias que incluem grandes momentos, um jantar com boa conversa, um banho de mar no pôr do sol, mas a verdade é que não são dias completos, são apenas momentos perfeitos de um dia que teve outros momentos dos quais eu não me lembro mais, e o que esta carta está me perguntando é quantos dias foram memoráveis do momento em que abri os olhos até que adormeci.

Não é a primeira vez que me pergunto isso, Handke tem um pequeno ensaio sobre o dia exitoso, já o mencionei a você antes. Eu o comprei quando deram a ele o Nobel porque não tinha lido nada dele e esse era o livro mais curto de todos os seus livros, e mesmo assim pensei que não ia conseguir ler tudo, e que logo faria parte da pilha de livros que se acumula na minha mesa de cabeceira e ameaça me matar soterrado, e ainda assim o devorei numa tarde. É o mesmo ensaio em que fala do *kairós*, o instante propício, que era a medida do tempo em que os gregos antigos buscavam a realização. Depois dos gregos, diz Handke, vieram os cristãos, e eles expandiram a medida de tempo em que uma pessoa deveria buscar a realização, e essa nova medida era exatamente o oposto do instante: a realização à qual se aspirava não era nada menos que a eternidade, o cristão buscava realização após a morte, fora deste mundo, na eternidade. Mais tarde, com o Iluminismo, a medida do tempo alcançado passou a ser a medida do que é humano, que é a vida, e devia ser uma vida boa, uma vida bem-sucedida, uma vida racional, kantiana, bem vivida, com bons hábitos, bons propósitos, bons fins, bons meios.

Hoje em dia, segundo Handke, ambicionamos apenas ter um dia bom, um dia exitoso entre tantos dias inúteis e esquecíveis. Gostei da teoria de Handke e a comprei. Não aspiro a mais nada no final da semana, nem mesmo do mês, da estação, do ano, do que ter um dia bom em algum momento, ou um bom momento no final do dia. Durante o ano invisto muito tempo, imaginação e dinheiro para conseguir quinze ou vinte dias bons, não perfeitos, mas emocionantes, excessivos e cheios de grandes promessas.

Agora me vem à mente uma ópera em Palermo um mês atrás, um fim de semana de esqui na Áustria, uma escapada para uma famosa churrascaria no País Basco. Todos são planos caros, elaborados, extraordinários. A perfeição nunca chega a todos os quadrinhos que compõem a ação do dia, como na carta de Bill. A ópera de Palermo foi maravilhosa, mas a refeição anterior foi longa, Paula e eu não tínhamos muito o que conversar, ela estava angustiada por algo relacionado à fundação para a qual trabalha e que ela não conseguia resolver de lá, concordamos que a massa não chegou muito quente, estava meio seca, ralaram trufa branca e só tinha gosto disso, e ainda por cima foi mais caro do que esperávamos. Não foi perfeito, porque não era o que prevíamos que seria. Houve uma profunda desilusão no meio desse dia, mas depois a música na majestade daquele imenso teatro mudou tudo. Saímos embriagados daquela beleza toda, emocionados com o que tínhamos visto, com o que tínhamos ouvido, fomos tomar um drinque e comer alguma coisa, queria me embebedar, queria perder a cabeça, falar besteira, e sobretudo queria que Paula se embebedasse, e falasse besteira, mas ela disse que a refeição tinha caído mal nela, que a comida parecia que estava voltando, que ainda estava com a burrata no estômago, como um novelo de lã, pediu um vinho, não o terminou, olhou para o celular, suspirou, eu disse para ela desligar e ela me deu ouvidos, então pediu uma água com gás, nós caminhamos à beira-mar, ela adormeceu quando chegamos ao hotel, me deu um beijo de boa noite como o que recebo dos meus filhos quando os coloco na cama. Abri uma garrafa de champanhe sozinho na varanda, ouvindo a brisa sacudir as palmeiras, capturado de vez em quando pelo perfume da flor de um limoeiro escondido na escuridão do jardim, olhando o reflexo da lua na água e dizendo a mim mesmo que tudo é perfeito, que finalmente realizei minha ridícula e embaraçosa fantasia siciliana, estou em uma cena silenciosa de um filme de Visconti, já sou um personagem de Lampedusa que volta da ópera e contempla, sozinho à noite, o golfo de Palermo da varanda de um palácio com vista para o mar, e depois de beber meia garrafa, não sinto mais o cheiro do mar e do limoeiro, por mais que o procure, sinto um cheiro de difusor de aroma de hotel e finalmente entendo que não sou eu que está aqui, e sim uma imitação não do personagem do romance, nem mesmo do ator que lhe dá vida no filme, mas do modelo do pôster da agência de viagens. Sou um turista exigindo que lhe deem aquilo pelo que pagou e descobrindo que tudo o que pode comprar é uma vista do palco, mas não é possível se tornar parte desse palco, não dá para ser nada nele, não há nenhuma peça sendo interpretada, nada acontece, ou, o que é mais terrível, estou na minha peça e Paula está na dela, não há derrotas nem vitórias, apenas dois monólogos.

Houve momentos ótimos, mas ficamos aquém do dia perfeito, por mais que tenhamos economizado para ele e por mais que o tenhamos planejado, não estávamos naquele dia do jeito que Bill está no seu quando Meta o expulsa da mesa de pingue-pongue a raquetadas, nem como Lou Reed quando está alimentando uma cabra no zoológico depois de se jogar no parque e beber uma sangria certamente não potável. E é agora, vendo esta carta, que conto os dias que passei com você, sete ao todo, e eles me parecem dias que eu poderia desenhar, dias perfeitos, dias não só memoráveis, mas memorizados, que facilmente poderiam compor um *morning paper*, como o de Faulkner. Que exercício importante para um jornalista, escrever e desenhar um jornal que está atrasado, que talvez nunca te entreguem, e com notícias que não são mais notícias. Vamos colocar a música de Héctor Lavoe como trilha sonora desta reportagem gráfica:

> *Tu amor es un periódico de ayer*
> *Que nadie más procura ya leer*
> *Sensacional cuando nació en la madrugada*
> *A medio día ya noticia confirmada*
> *Y en la tarde materia olvidada*
> *Tu amor es un periódico de ayer.*

Escolhi o terceiro dia do nosso encontro do ano passado para este exercício de desenho. Sempre gostei de fazer desenhinhos nas margens dos cadernos, mas acho que desde a escola não faço um exercício sério de desenho. Vou compensar minha falta de jeito com um pouco de texto. Aí está minha reportagem do dia perfeito.

1

Acho que não dormi mais de três horas, mas saí da cama revigorado como se tivesse dormido oito. Abri os olhos no meio da noite e era tão incompreensível, tão irreal que você ainda estivesse ao meu lado, que não consegui voltar a dormir. Isso aconteceu todas as noites que dormi com você. Sempre te observava com a mesma incredulidade, ela ainda está aqui, eu me dizia, ainda estou aqui. Ouvia você respirar, segurava a sua mão, acariciava seus cabelos, e a imensa felicidade que eu sentia, às vezes, dava lugar a um pequeno momento de pânico, será que você seria a mesma de ontem quando acordasse? A escuridão cobria seu rosto, achava que via nele uma expressão serena, mas não entrava luz suficiente. Acordar é sempre uma prova de fogo, quem sabe que visões você terá em seus sonhos, eu pensava, que culpa vai começar a falar ao seu ouvido, que medos vão te agitar. Já se sabe há anos que quem acorda ao seu lado não volta à vida sendo a mesma pessoa que se despediu à beira do sono, tudo mudou de repente, não resta nada da despreocupação com que se deitou nua, abraçada, entorpecida de prazer. E antes que esse pensamento se instalasse em minha mente, tentei afastá-lo dizendo a mim mesmo que não havia razão para temer nada, mais um dia inteiro com você estava prestes a entrar pela janela, cheio de possibilidades, tentava vislumbrar seu corpo envolto em sombras, a pouca luz que entrava pela janela mal desenhava o contorno dos seus seios. Na penumbra quente do quarto, o cheiro fresco do seu corpo, seu perfume e o meu próprio cheiro estavam suspensos. Na tela preta daquela escuridão, todos os desejos que pretendia alcançar naquele dia que estava para amanhecer foram tomando forma. Como eu poderia voltar a dormir? Eu queria ver seu corpo emergindo das sombras. Esperei a primeira luz, que era pálida e azul, uma luz difusa que só era capaz de dar certo volume ao que antes era uma silhueta confusa na cama, uma luz que ainda não revelava as cores da sua pele, do seu cabelo, as centenas de sardas e sinais que cobrem o seu corpo continuavam se misturando em uma grande mancha azul que ia tomando forma. Em seguida, surgiu uma luz alaranjada, líquida, que se espalhava pelas paredes do quarto, marcando fortes contrastes entre sombras pretas projetadas e raios de luz. Aquela luz alaranjada começou a banhar suas pernas, sua barriga, seus seios, que, como uma colina ao amanhecer, estavam divididos em duas encostas, o solário se acendendo quase como um incêndio, e o breu saturado de escuridão, seu rosto ainda estava na sombra e seu cabelo escuro brilhava com o primeiro raio de sol. Pensei em tirar uma foto sua, em roubar uma foto daquele momento, me custou muito resistir àquela indignidade, mas no fim decidi ficar te olhando até que aquela foto me habitasse. Depois de alguns minutos, talvez meia hora, uma hora, não sei quanto tempo, a luz ficou branca e todas as suas sardas apareceram, e finalmente seu rosto: você estava sorrindo, tinha aberto os olhos. Bom dia, você me sussurrou de muito bom humor, e antes que eu pudesse dizer qualquer coisa você desajeitadamente se lançou sobre mim e me beijou, mordendo meus lábios até me machucar, quase me assustou, então começou a rir alto, eu sou a porra do chupacabra, você disse arranhando minhas costas. Ali todas as minhas preocupações noturnas se extinguiram e eu sabia que tudo poderia ser perfeito naquele dia.

Era difícil sair do seu quarto no hotel. Na verdade, não era um quarto, mas os limites da nossa breve intimidade. Um espaço emocional onde tudo podia ser confessado, qualquer desejo podia ser expresso, tudo podia ser imaginado, toda carícia era válida, um lugar efêmero onde sempre nos despíamos ao entrar e onde, ao mesmo tempo, íamos nos despindo sempre cada vez mais: não bastava mostrar a pele, era preciso mostrar tudo, contar tudo, não deixar nenhuma gaveta fechada, nenhuma escuridão intocada. Aquele espaço de intimidade era tão frágil, tão vulnerável, bastava o olhar fofoqueiro — mexeriqueiro, você diria — de qualquer miserável para transformá-lo na cena de um crime, em um poço de culpa. Bastava o olhar de um mero conhecido perfurar a membrana daquele espaço para sentirmos milhares de olhares sobre nós, imaginando-nos conforme aquele olhar nos havia visto, e começarmos a ouvir o murmúrio dos boatos.

    Abrir a porta do seu quarto nos dava uma mistura de terror e audácia, fazíamos isso com a discrição de um ninja. Um professor de seu seminário estava hospedado naquele mesmo andar, era um cara de Puebla, triste, com óculos redondos e barba sem bigode, com aspecto de pedófilo, você disse, um *creep*, essa barba *amish* é um indício claro de todo tipo de inclinações parafílicas, você afirmava com total impunidade. Você o conhecia de algum evento ou de algum jantar, não sabia exatamente de onde, mas ele já havia deixado claro que vocês tinham vários amigos em comum, ele se encarregara de fazer todas as conexões, pediu para te seguir no Instagram, anotou todos os contatos compartilhados, insistiu em te levar para tomar um drinque depois da aula. Aquele era o olho que te assustava, e ao mesmo tempo você achava divertido se esconder dele, você vivia aquilo como um jogo. Eu tinha um medo maior, e não era nenhum jogo: três quartos depois do seu, no 418, meu inimigo estava à espreita, aquela gorda com quem dividi mesa no jornal regional em que comecei a trabalhar. A mulher nunca perdia nenhum evento de jornalistas, muito menos o congresso em Austin, vivia para essas coisas. Você achava fascinante sua aparência incomum, a arrogância com que ela exibia sua obesidade naquelas roupas justas de cores estridentes, o tamanho de seus brincos, esculturas móveis que deixavam sua orelha como a de um Buda. Desde o começo você notou que eu a evitava e, quando finalmente confessei que a conhecia, te deixei imensamente feliz com a sordidez daquela história, você me fazia repeti-la o tempo todo, se engasgava de tanto rir. Depois disso, você me torturava toda vez que eu queria te beijar na rua, me dizendo, cuidado, lá vem a gorda! E eu te soltava na hora, meu coração prestes a explodir.

    Você se foi para sempre, mas não consigo me livrar dela: pensei que nunca mais trabalharíamos juntos, mas ela acabou de ser contratada como editora de assuntos digitais e novas tecnologias no meu jornal, antes estava como crítica de televisão e cronista social numa revista, e antes disso, quando eu sentava a dois metros dela no jornal de Santander em que começamos, escrevia conselhos de vida saudável, embora já naquela época fosse gorda como uma porca e fumasse um maço por dia. Era uma época anterior às redes sociais, e os leitores não podiam pesquisar na internet fotos da especialista que lhes explicava nos suplementos como viver melhor e se é pior ingerir margarina ou manteiga. Bastaria vazar uma foto dela comendo bolinhos industrializados no café da manhã, com cigarros e Coca-Cola, para que o jornal tivesse que extinguir toda a seção em uma crise intransponível de falta de credibilidade. Já te disse que a mulher era obcecada por mim (como é convencido, você me disse), e acho que ela ainda é — é a primeira pessoa que dá *like* em qualquer coisa que compartilho, a primeira pessoa que vê meus *stories*, às vezes acho que o *like* dela vem antes mesmo de eu publicar um conteúdo.

Mas o que você quer é que eu te conte mais uma vez sobre a minha derrota para ela, foi isso que te fez rir, quer dizer, a mulher ter me fodido em um banheiro de um karaokê, mil anos atrás, em uma festa de natal da empresa em que fiquei tão mal que acabei vomitando em um táxi. Toda vez que ouço a música *Non, je ne regrette rien*, de Edith Piaf, não posso deixar de lembrar das coisas de que me arrependo nesta vida, e a primeira coisa que sempre me vem à mente é o pouco que me lembro daquela cena decadente. Desde aquele dia, ela sempre me olhou com um sorriso malicioso e um tanto impertinente, no qual eu lia todo tipo de frases que ela nunca me disse com palavras, mas que não parou de me repetir com os olhos: eu sei o seu segredo, você, que banca o gato inacessível, que no Instagram mostra a beleza da sua mulher e dos seus filhos como um triunfo, que me cumprimenta com mesquinhez, que no máximo levanta as sobrancelhas se não puder evitar esbarrar em mim, que nem me segue nas redes sociais por mais comentários que eu faça nas suas, ah você, sim, você, o mesmo que cantou uma música de Rocío Jurado em dueto comigo colocando um braço em volta dos meus ombros, com quem fodi, sentando em você num vaso sanitário sujo, rodeado de mijo, em uma festa da empresa, com gente batendo na porta, você que chupou minha papada e fez apneia mergulhando entre meus peitos e catou com as sobrancelhas as gotas de suor do meu decote. Eu sei o seu segredo, sim. E você sabe que eu sei. Passamos tantos trajetos de metrô, tantas idas à academia, tantos jantares em restaurantes, tantos passeios de verão guardando na imaginação encontros fugazes com desconhecidos que passam por nós, fantasiando com eles por alguns segundos até que suas feições desapareçam como os sonhos que esquecemos ao acordar, e no fim a única coisa que nos acontece é um episódio alcoolizado de sexo oportunista em um canto fedorento com alguém que gostaríamos de nunca mais ver, e que estamos fadados a ver de novo e de novo. E de repente chega o dia em que a fantasia finalmente se realiza, e por um instante escapamos do tédio da nossa vida, conseguimos viver algo pleno, belo, até verificarmos que ao lado, no 418, está a lembrança de nossa pior miséria e aquele olho que não para de aparecer em todo lugar para nos dizer: eu sei o seu segredo.

Me apavorava sair do seu quarto e encontrá-la, entrando ou saindo do dela, concedendo-lhe o prazer de saber mais um segredo sobre mim, dando assim novo polimento ao brilho impertinente daquele sorriso com que ela responde ao meu esquivo arquear de sobrancelhas. Naquela manhã pedi para você colocar a cabeça no corredor para ver se eu podia voltar para o meu quarto, e você, com cara de assustada me disse ela está lá fora, e então começou a rir feito uma louca, e me pediu para cantar a canção de Rocío Jurado para você também.

2

Você tomava iogurte com frutas e me olhava irritada enquanto eu devorava meu prato disso que os gringos chamam de *breakfast taco* e que você ainda se recusa a chamar de taco, com a mesma intransigência com que os da extrema direita se recusam a chamar de casamento a união de dois homens. Mas aquele rolinho recheado com ovos mexidos e queijo, jalapeño, feijão e o que mais couber me faz feliz. Venho de um país onde sinto que se almoça e se janta melhor do que em qualquer outro, mas o café da manhã sempre foi um deserto de biscoitos com leite, pão com manteiga e café *de puchero*, uma tristeza da qual você só se recupera escapando do trabalho às onze horas para comer um sanduíche, um churro ou uma fatia de tortilha de batata.

O problema, Camila, é comparar. Nunca se deve comparar, só se compara para escolher, para estabelecer a superioridade de uma coisa sobre a outra. A comparação sempre compromete o prazer das coisas, a capacidade de apreciá-las pelo que são e no momento que nos chegam. Evito comparar o *breakfast taco* com os tacos que já experimentei mais de uma vez em seu país e que você invoca sempre que chamo o *breakfast taco* de taco, porque, se eu comparasse, aquele café da manhã que tanto saboreei ao seu lado não teria sido tão bom. Também não comparei a esforçada banda local tocando *You Ain't Goin' Nowhere* para nós no White Horse com a versão de The Band ao vivo, que é a versão com a qual aprendi essa música há quase trinta anos, não queria comparar uma versão com a outra e encontrar as deficiências e insuficiências daquela que naquele momento me fazia dançar agarrado a você. Assim como evito comparar você com Paula, e espero que você evite me comparar com o seu marido, esse que agora deve estar passeando com você por aí e com quem espero não esbarrar, para não me comparar com ele também.

Isso aprendi em Nova York com um conterrâneo seu, um escritor que entrevistei há muito tempo e de quem instantaneamente me tornei amigo, o cara ficou bêbado durante a entrevista, queria companhia em sua embriaguez e me arrastou ao extinto restaurante Don Quixote, embaixo do Hotel Chelsea, e que era uma espécie de paródia involuntária de tudo *typical Spanish*, Quixotes, flamenco, moinhos de vento, touros... O cardápio oferecia uma *paella* irreconhecível preparada por auxiliares de cozinha mexicanos e porto-riquenhos sob o comando de chefes de cozinha de Oklahoma, nenhum dos quais jamais havia pisado na Espanha, ou talvez sim. Tentei levá-lo para qualquer outro lugar, não consegui, depois tentei me recusar a pedir aquela *paella* e aquelas lulas, alegando que eu ia achar aquilo tudo, inevitavelmente, uma merda, e aquele mexicano me agarrou pela gola da camisa e me fez pedir metade do menu de supostos pratos típicos espanhóis, depois me disse que meu grande erro era comparar, que o restaurante inteiro era pura fantasia, felizmente inspirada nos clichês de uma Espanha dos sonhos, e que a comida servida ali também era uma fantasia inspirada no que se comia na Espanha, mantendo os nomes dos pratos espanhóis, que eram servidos em tachos de barro, nada além disso, ali era tudo fantasia, tal como a *Carmen* de Bizet é uma fantasia espanhola cantada para os franceses, o *Romeo* de Shakespeare uma fantasia veronesa escrita para ingleses, e o *Scarface* de Al Pacino uma fantasia cubana filmada para gringos, e tudo isso era maravilhoso, aproveite esta fantasia e não a compare com a *paella* que seu tio faz aos domingos. E a partir daí parei de comparar e aproveitei o jantar, talvez porque na prática cheguei ao nível alcoólico do cara em menos de uma hora e não me importei mais com o que entrava na minha boca.

Não compare. Repito isso a mim mesmo o tempo todo desde aquela noite, fico mais feliz quando consigo, mas nem sempre funciona. Para evitar comparações, é preciso ter acesso — ou possuir — às duas coisas que se poderia comparar, um disco dos Rolling Stones e outro dos Faces, uma Triumph e uma Harley, um sol de outono e um sol de primavera. Agora que entendo que não vou mais te ver e que não posso mais ter duas coisas ao mesmo tempo, fico apavorado de pensar em tudo que poderia começar a comparar.

3

Na televisão aberta, eles chamam o pico de audiência do dia de "minuto de ouro", que geralmente corresponde ao momento culminante do programa mais popular do *prime time*. Antes de as plataformas de conteúdo chegarem, todas as manhãs eu olhava os dados de audiência e reparava no minuto de ouro do dia. Achava fascinante: a confissão de infidelidade de uma celebridade em um programa de fofoca, um gol da seleção, a eliminação de um cantor aspirante em um show de talentos, a cena em que, após mil desentendimentos, o garoto e a garota finalmente se beijam em uma série. Muitas vezes penso no minuto de ouro do meu dia, do meu verão, do meu fim de semana. Pergunto aos meus filhos, depois de cada excursão, de cada viagem, de cada episódio supostamente memorável de suas vidas: qual foi o seu minuto de ouro? Eles geralmente não sabem dizer, sentem muita dificuldade em escolher apenas um. Então facilito para eles, digo para selecionarem três ou quatro candidatos para o minuto de ouro, e assim eles começam a relembrar seus grandes momentos, a transformá-los em narrativas. Agora são eles que me perguntam, depois de cada viagem, de cada festa, de cada excursão, qual foi o meu minuto de ouro.

Confesso que se eu perguntasse a mim mesmo, diria que provavelmente foi o passeio matinal no Lady Bird Lake. Caminhamos pela orla, procurando um caiaque ou algo parecido para alugar, porque você insistia que os apaixonados deveriam remar em um lago calmo, na primavera, que precisava daquela cena clichê para completar seu álbum mental de memórias românticas. Um barco a remo, você me dizia, é um veículo insuportavelmente lento, é difícil, chato, só se torna uma experiência desejável se você a compartilha com alguém que você ama, se oferece a possibilidade de vocês se isolarem, flutuando sem pressa, embalados pela água: não existe maneira melhor de passar uma manhã juntos. Você lembrou daquela breve canção de ninar e cantou para mim *Row, row, row your boat, gently down the stream, merrily, merrily, merrily, life is but a dream*. Na verdade, não tem nada de canção de ninar, você dizia. Quem pensaria em ensinar a uma criança que a vida não passa de um sonho, você dizia. E debatemos se esse era um bom conselho ou um conselho cruel, e só concordamos que era claramente a música para aquela manhã.

Quando chegamos ao aluguel de barcos e você viu o pedalinho em forma de cisne entre canoas e caiaques, seu rosto se iluminou, aquela coisa ridícula fez você rir, Não é possível!, você gritou, o barco de Lohengrin! Aqui no Texas! Você agarrou meu braço com força, me levou até o pedalinho e me disse com muita emoção que tínhamos que ir naquele cisne, que não podíamos cogitar outro tipo de barco, e antes de entrarmos você já começou a me explicar o que era um cisne, o santo patrono dos cafonas e dos grandiloquentes, que é tanto um símbolo da monogamia quanto de um Zeus lascivo que se disfarça para seduzir a rainha Leda pelas costas do marido, e você me contou a história de Lohengrin, espantada por eu não ter ideia da lenda do cavaleiro do cisne e porque eu nunca tinha me interessado em ouvir a insuportável ópera de Wagner, você me disse que Lohengrin era um cavaleiro que um dia aparece em um barco igual a esse pedalinho, puxado por um cisne, para lutar por Elsa, uma dama em perigo, por quem se apaixona e com quem ficará em troca de não perguntar seu nome ou origem, e nós poderíamos ser eles por um tempo assim que pisássemos naquele pedalinho: Lohengrin, Leda, Zeus, Elsa. Eu ficava encantado com suas elaboradas dissertações sobre qualquer coisa que encontrássemos, pequena ou grande, sobre um taco, um pedalinho em forma de cisne, um obeso passando em um Segway... Ficava feliz toda vez que você me fazia imaginar o que eu não era capaz de ver nas coisas que estavam diante de nós, a realidade se ampliava, se tornava mais profunda e eu conseguia ser tantas coisas novas para você e você para mim.

    Alugamos o pedalinho e flutuamos até as margens arborizadas e isoladas, cruzamos com pescadores e remadores esforçados, até encontrarmos um esconderijo numa curva do rio, à sombra de algumas árvores que estendiam seus galhos como toldos sobre a água, ali eu comecei a te beijar sob o olhar amarelo dos quíscalos, você pegou minha mão e dissimuladamente a levou até sua virilha, e pude ver como o prazer foi se desenhando discretamente em seu rosto, como você tentava disfarçar a expressão, até que se tornou uma careta incontrolável, você fechava os olhos e mordia os lábios, entre as asas de plástico daquele cisne. Que cena. Você estava imprudentemente aberta ao prazer em qualquer lugar, a qualquer hora, de qualquer jeito, *in the mood*, mas nada foi mais bizarro do que aquela cena do cisne de plástico, aquela versão texana de Leda no pedalinho, que aparece para mim quando me masturbo e que me leva à masturbação se a evoco, e assim será por muitos e muitos anos, porque no que nos resta de vida, como uma árvore da qual sempre brota o fruto do desejo, quantas cenas com poder de se enraizar para sempre em nossa imaginação podem acontecer?

4

Neste desenho estou fazendo hora no meu congresso de jornalismo digital, postando algum tuíte moderadamente inteligente que sirva de álibi e que ateste o imenso interesse com que voltei a assistir ao evento pelo segundo ano consecutivo. Na verdade, estou tentando sobreviver à imensa ansiedade de separação que sinto enquanto você está dando aula de arquitetura mexicana contemporânea em seu seminário. Estou pensando que sua aula deve ser divertida, mesmo que você só fale de porcas, parafusos e materiais de construção, você sabe contar histórias, não imagino você entediando ninguém. Às vezes sinto uma inveja enorme de seus alunos, que me estão roubando três horas com você, que nem mesmo entendem o valor de uma hora com você. Estou escrevendo quadrinhas eróticas, maliciosas, celebrando seus peitos sardentos, sua risada, seus cheiros, anunciando tudo o que planejava fazer com você assim que te tivesse de volta.

Eu já quis ser poeta em algum momento da minha vida. Me faltou coragem, me faltou dedicação e provavelmente talento — se é que talento é outra coisa senão uma combinação de coragem e dedicação. Eu não era ruim na escrita, sabia disso desde adolescente, e também sabia que os mais próximos de tocar o céu entre os que escrevem são os poetas, mas em geral os poetas não conseguem tocar mais que o ar e eu queria ter boas motos, filhos, jantares em restaurantes, viajar, não ser um homem sustentado. Aparentemente, eu gostava dessas coisas com mais ardor do que de poesia, por isso agora sou jornalista, que é o nível mais baixo e dispensável de todos nós que trabalhamos escrevendo, e chegou um momento em que não tenho o suficiente para muitos jantares, nem para muitas viagens, e cada vez sou mais sustentado por minha esposa, e nem tenho a vã e inútil satisfação de que o que escrevo perdure. Penso que perdi a oportunidade de dar uma reviravolta na minha vida quando apaguei todos aqueles versos febris que te mandei enquanto esperava a sua aula acabar para te encontrar, poderia ter enchido um livro com eles. Eles me vinham quase automaticamente, nunca me censurava porque você mesma comemorava os mais brutais, a vulgaridade te fazia rir alto, você me pedia mais e pior, sujo se possível, e assim que nos reencontrávamos você me fazia recitá-los porque, para você, sua experiência não estava completa até ouvi-los com aquele sotaque castelhano tão solene, e depois de eu repeti-los três ou quatro vezes, você os apagava para sempre e me pedia para fazer a mesma coisa. Era melhor sumir com eles, você disse, aqueles versos te pareciam um crime muito superior a uma infidelidade, neles se inferia meu conhecimento exaustivo de cada centímetro do seu corpo, neles se inferia a absoluta falta de limites do seu desejo, mas o pior era constatar que aqueles poemas eram fruto natural de um espaço privado e exclusivo de humor, que, como todos os espaços privados de humor, se constrói após longas conversas em que se alicerça a cumplicidade entre almas.

Eu ia te mandando meus versos um atrás do outro, como quem está empilhando lenha para uma grande fogueira, e os versos iam se acumulando sem ser lidos no seu celular, eu ficava esperando a notificação de que todos tinham sido vistos, o que significava que você tinha ligado seu celular de novo, que sua aula tinha acabado, e eu esperava ansioso pela sua resposta, você demorava para ler tudo, depois de um tempo você escrevia um hahahahahahahahahahahahahahaha e adicionava linhas inteiras de emojis de carinhas sorridentes, coradas, uma mulher cobrindo o rosto com as mãos e então você dizia venha e recite para mim agora mesmo.

Eu ia trazer para você um livro de presente, um que realmente comprei, mas depois da sua mensagem de despedida o deixei na biblioteca da minha casa. Meu livreiro de confiança o descobriu para mim quando lhe pedi um livro de poesia erótica. É uma coleção de poemas originalmente escritos em sânscrito séculos atrás, atribuídos a um tal de Bilhana. Reza a lenda que o cara veio da Caxemira para a corte medieval de um marajá que o empregou como tutor particular de sua única filha. Sua tarefa era fornecer a ela uma sólida formação teórica para torná-la uma princesa, e as artes do amor eram uma ciência importante naquela época. Bilhana não demorou a passar da teoria à ação, e ambos se entregaram totalmente aos prazeres da carne. Os espiões da corte os surpreenderam, e o marajá condenou Bilhana a morte por empalamento, em uma execução pública, como era de se esperar. Para chegar ao cadafalso era preciso subir cinquenta degraus, e Bilhana parou em cada um deles e recitou um poema de memória. Eram versos de erotismo selvagem, violento, e ao mesmo tempo elegantes e sinceros, cheios de belas imagens para compor cenas de um corpo que se entrega, que se recupera do sexo, que se prepara

para ele, não há nada de vulgar neles — decididamente não têm nada a ver com a vulgaridade das minhas quadrinhas. Cada um desses cinquenta poemas começava mais ou menos da mesma forma: ainda hoje me lembro como, ainda hoje penso em, ainda hoje vejo como... Ao que parece, ao terminar de recitar o último poema no último degrau, o marajá, maravilhado com tudo o que ouvira, com a sinceridade que os versos transmitiam, perdoou o poeta e o casou com sua filha.

Depois de ler o livro, entendi que eu, em uma situação semelhante, teria acabado empalado sem nenhuma alternativa, não tenho memória para recitar mais do que algumas das quadras que escrevi para você, e elas também teriam causado constrangimento entre a plateia da minha execução. Talvez se eu tivesse conseguido memorizá-las, ao chegar ao cadafalso, e depois de ouvir cinquenta das minhas ridículas quadrinhas, os presentes teriam começado a rir delas tão escandalosamente quanto você, porque no fundo, se merecemos algum tipo de perdão ou de indulgência, foi por todas as risadas que provocamos um no outro. Houve mais humor do que erotismo na nossa história.

5

Micklethwait Craft Meats estava bem colocado em todos os rankings de churrasco de Austin. Não aparecia no top 3 de nenhuma das listas, então não tinha a ridícula fila de quatro horas do Franklin's, mas ainda assim era tão bom que é difícil acreditar que haja algo melhor. Além disso, funcionava em um local meio fuleiro, abandonado, mas acolhedor, que pode ser interpretado como autêntico, isto é, uma velha *roulotte* que parecia os restos de um naufrágio, encalhada nas plantas selvagens que espreitavam por baixo de sua barriga como o limo que cobre a quilha de um velho navio, quatro mesas de piquenique em madeira, com bancos fixos, compridos, e a sombra abundante de meia dúzia de árvores frondosas num *cul-de-sac* em que o residencial faz limite com o espaço aberto, um canto que poderia ter servido de esconderijo para um assassino em um filme de terror ou como o refúgio distante dos adultos onde os protagonistas adolescentes de um filme *indie* finalmente se beijam.

O churrasco texano é a única contribuição gastronômica imprescindível dos EUA. É preciso celebrar aquelas costelas pegajosas, que se soltavam com facilidade de uma carne assada por dezoito horas (foi o que nos disseram) e aquele *brisket* que desmanchava e era pura gordura, fumaça, sal e pimenta. A simplicidade com que nos serviram aquela iguaria numa folha de papel pardo, com uns pepinos em conserva e umas fatias grossas de pão torrado que absorviam todos os sucos, tudo preparado para comer com as mãos que só perderam o cheiro de churrasco depois de um banho. Lá se comia onde se podia, espremidos na mesa de piquenique e acotovelando-se com estranhos cheios de tatuagens no pescoço e barba até o umbigo.

Você me perguntava sobre todos os restaurantes que gostaria de visitar na Espanha, e me contava sobre todos os que eu deveria visitar no México, e eu digo que nunca teríamos uma refeição melhor do que aquele churrasco. Rio de mim mesmo quando penso o quanto paguei para um chef estrela me oferecer uma *experiência completa* que ele vem aperfeiçoando milimetricamente há anos, desde a iluminação até a louça, e então você acidentalmente chega nesta *roulotte* onde a experiência foi rigorosamente descuidada nos mínimos detalhes, da ausência de iluminação à ausência de louça, e é justamente aqui que se dá aquela mordida em que se esquece todo o resto, e finalmente se obtém aquela experiência que tanto me escapou em todos aqueles restaurantes de Madri, da Catalunha, do País Basco, aos quais supostamente não se pode deixar de ir antes de morrer.

Eu me pergunto se aquela costela pegajosa teria o mesmo sabor se eu tivesse ido sozinho, ou se o prazer foi amplificado porque eu estava com você, vendo você devorar com as duas mãos, chupando as costelas até elas brilharem, exclamando descaradamente mmmms e ooooohs enquanto mastigava a gordura do *brisket*, com o molho sujando seu nariz e suas bochechas, pisoteando triunfalmente aquele ideal de jantar romântico numa mesinha a dois, com *maître*, toalha e candelabro, que me apavora só de pensar, por essa obrigação que nos empurra a ser felizes e a fazer do tal jantar uma noite verdadeiramente especial, e que quase sempre termina em uma derrota inquestionável. Você vê isso toda vez que entra em um bom restaurante: sempre há mesas para dois em que casais de longa data estão se esforçando para encontrar algum assunto, quando a comida chega, comentam tudo o que for possível comentar sobre cada prato, mas logo o silêncio volta, então eles discutem se devem pedir uma segunda garrafa e se entregar ao álcool — que é a melhor solução possível, talvez a única — ou se devem se contentar com o fim da primeira e assim aceitar tacitamente o silêncio. No final, você paga uma quantia absurda por aquela tortura e volta para casa pensando que a farsa finalmente acabou, e com sorte fazem sexo por sete minutos. O ideal de um jantar romântico é uma farsa terrível, mas mesmo assim tentamos importar a noite do Dia dos Namorados dos gringos, que é a noite mais triste do ano em um restaurante estadunidense.

Nós mesmos, dos abomináveis suplementos de jornais, publicamos periodicamente o mesmo artigo aconselhando um jantar romântico de vez em quando para reacender a paixão no casal. A gorda do 418, que nunca foi casada, deve ter escrito cinquenta vezes esse mesmo artigo em qualquer uma das seções de suplementos e cadernos, dando todo tipo de conselho cruel e estéril, porque até ela sabe o resultado desses jantares românticos à luz de velas. A verdade é que ninguém sabe o que fazer para reacender a paixão em uma relação, e além do fato disso com certeza ser uma péssima ideia, o mundo seria outro se a coisa tivesse alguma solução conhecida para esse problema. Provavelmente seria um lugar insuportável, infestado de camisinhas usadas, onde todos ficaríamos com tesão feito chimpanzés e sem poder cuidar de nossos filhos, supervisionar reatores nucleares, fazer transplantes, nivelar tijolos. Como você provavelmente sabe melhor do que eu, paixão e patologia têm a mesma raiz grega, *pathos*, que significa sofrer, portanto, para um grego antigo, reviver a paixão significaria reviver o sofrimento, o que claramente seria um comportamento patológico. Mas desejamos isso com fúria, com saudade e com a mesma impotência com que o preso deseja sair da prisão, e isso não está em nossas mãos, pelo menos não com nossos parceiros, alguma coisa precisa acontecer conosco para que isso aconteça com eles, alguém tem que morrer, temos que ser demitidos, temos que ficar doentes, ver nossa casa pegar fogo, sobreviver a um acidente, perder tudo, trairmos uns aos outros, tomar ayahuasca, êxtase, fazer tratamentos hormonais, comer com as mãos entre gordos barbudos com tatuagens no pescoço, tudo isso ao mesmo tempo, quem sabe. Mas com certeza um jantar romântico não serve para isso.

6

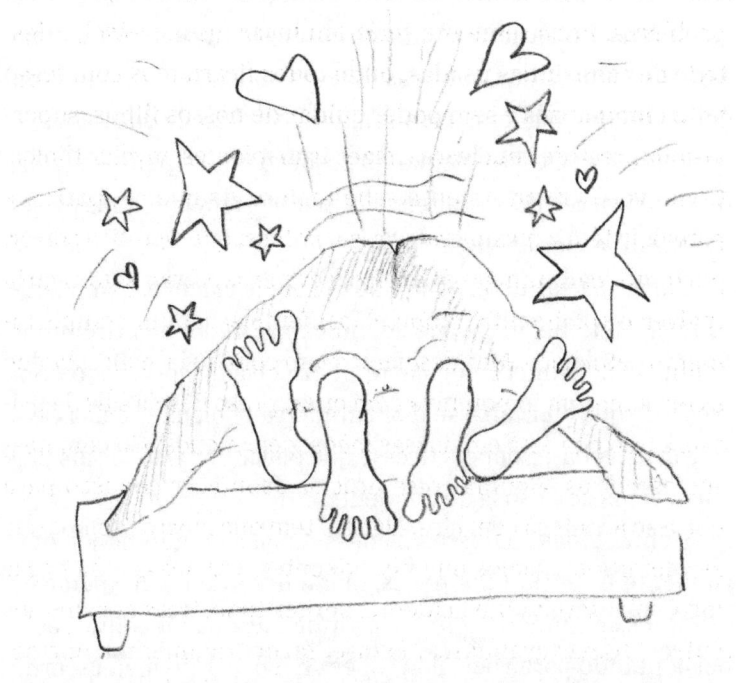

Depois do churrasco, estávamos mais uma vez colocando nosso peso aumentado sobre aquele colchão de hotel do qual tanto nos custava sair e ao qual voltávamos com tanta alegria. Os colchões de hotel são objetos sugestivos. Toda vez que me deito em um deles, não posso deixar de pensar em todas as pessoas antes de mim que fizeram essa jornada diária da escuridão para a luz em cima deles. Penso nas insônias, nos pesadelos, no choro, nos desejos ardentes e encontros sexuais que eles aguentaram. Sem dúvida, sentimos mais desejo em colchões de hotel, neles estamos longe de casa, ou seja, longe da possibilidade de que nossos filhos surjam a qualquer momento, longe do dever de fazer o café da manhã para a família ou de limpar a mesa, longe do olhar entediado do seu parceiro, que prefere ver as novas mensagens que chegaram ao seu celular do que dizer bom dia. Neles podemos imaginar que ali se soube amar, aliás, um colchão de hotel é muitas vezes a última esperança, para qualquer casal desgastado, de recuperar um pouco do que não encontra mais no colchão de casa. Eu me pergunto o que esse colchão diria sobre nós se pudesse falar, teríamos merecido entrar em sua história movimentada ou seríamos uma mera nota de rodapé?

Sugeri cortar uns pedacinhos daquele colchão, como lembrança e fetiche, mas você achou complicado, não tínhamos nenhum instrumento de corte de precisão e você ficou com medo de que eu acabasse destruindo seu colchão se usasse a faca do frigobar, e depois tivesse que pagar por ele e, ainda por cima, explicar a causa do incidente.

Contei todas as nossas transas, fazia a contabilidade diariamente e sentia uma necessidade urgente de anunciar os números ao mundo. Como não tinha para quem contar, acabei contando para você: na véspera havia batido meu recorde diário naquele colchão e hoje esperava batê-lo de novo. Você me olhou com súbito desprezo: maldito Luisito, você conta as vezes que fodeu como um adolescente, fica pensando em bater recordes, como se fossem as Olimpíadas para depois ir correndo contar pros seus chapas? Você me disse isso e eu pensei que era aí que o dia tinha começado a dar errado, por causa da minha obsessão em atualizar as contas do prazer. Tentei explicar para você, na verdade o que me impressionava não era a proeza física, mas sim essa disposição recíproca para o contato contínuo, isso de ter o corpo aberto para o outro o tempo todo, e esse desejo constante de estar dentro do outro, colado ao outro, pele com pele, boca com boca, mão com mão, cabelo com cabelo, incapazes de parar de se tocar em público ou em privado. É um estado de erotismo que eu tinha esquecido completamente.

Sempre chamei os apaixonados, os escravos do *pathos*, de *patéticos*, gosto de me dirigir a eles assim: aí vem o grande patético, conte-nos alguma coisa de sua patética aventura, encha-nos de inveja, nós, pobres casados que rastejam como caracóis por um platô emocional sem fim, conte-nos sobre as alturas, os abismos que você alcançou no lombo de um colchão. E os patéticos, que não falam, mas proclamam, cantam a glória de suas transas: nunca corpos e mentes se uniram sobre um colchão com tanta fúria, tanta paixão e tanto amor como os deles. São como aqueles seres sem coração que Aristófanes descreve no Banquete de Platão, que procuram a sua cara-metade e quando a encontram não conseguem mais se afastar, e morrem de fome e de absoluta inércia, por não fazerem nada separados um do outro.

Parece outra coisa, você não sabe do que estão falando, é como quem responde, quando perguntado sobre o efeito de uma droga ou o sabor de uma iguaria que ainda não experimentamos, que não dá para descrever em palavras, que só provando para saber. O patético acredita que seu sexo é tão único e especial quanto o pai de primeira viagem acredita que é seu primeiro bebê, ambos me causam o mesmo constrangimento quando falam da extrema singularidade do que é deles.

Os patéticos te olham até mesmo com pena, você não fala a língua da paixão, não é capaz de entender ou dimensionar a importância do que está acontecendo com eles. É insuportável. Eles não acreditam quando você aponta os lugares onde acabam todas as paixões que não acabam com a morte, com a adaga de Julieta ou a víbora de Cleópatra. Você fica quase feliz quando, depois de alguns anos, os vê chegar a um daqueles finais previsíveis, ao bebê e às olheiras, à aula de dança de salão com a qual tentam reacender o fogo inicial, à escapada romântica, à mesa silenciosa para dois em um restaurante chique. Há um poema de Yeats, "Ephemera", que fala disso da maneira mais cafona e assustadora, fazendo um uso cheio de efeito das imagens mais descaradamente outonais e patéticas. Envio cruelmente esse poema a todos os que, convencidos da imortalidade do sentimento que os consome, me queimam o ouvido com a história da sua paixão:

"Seus olhos, que antes não se cansavam dos meus,
inclinam a vista sob suas pálpebras caídas
porque nosso amor se esgota".

E ela responde:
"Embora nosso amor esteja se esgotando,
voltemos para a margem solitária do lago,
passemos juntos esta hora tranquila
em que a paixão, pobre cria cansada, adormece.
Como parecem distantes as estrelas,
e a que distância está o nosso primeiro beijo,
ah, que velho sinto meu coração!".

Pensativos, vagam entre as folhas desbotadas,
enquanto lentamente, o que lhe segura a mão, responde:
"A Paixão consumiu nossos corações peregrinos".

A floresta os rodeia, e as folhas amarelas
caíam na escuridão como estrelas cadentes fugazes,
uma velha lebre mancava ao longo do caminho,
sobre ela paira o outono: e agora param
na margem solitária do lago mais uma vez:
virando-se, ele viu que em seu peito e cabelos
ela havia jogado folhas mortas,
recolhidas em silêncio, úmidas como seus olhos.

"Não se lamente", disse ele, "estamos cansados porque outros amores nos esperam, odiemos e amemos através do tempo imperturbável, diante de nós a eternidade repousa, nossas almas são amor e uma despedida contínua".

Mas quando era eu quem estava te amando na hora da sesta no mesmo colchão onde havia acordado amando e onde esperava me deitar amando, e não passava de um instrumento da natureza, não era muito diferente de todos aqueles patéticos que sempre desprezei. Finalmente falava a língua deles, finalmente os entendia, e no entanto todos eles ao meu lado pareciam impostores, porque nesses momentos só existe uma verdade, que é a de cada um e que não pode coexistir com nenhuma outra. Perguntem a esse colchão, que, se pudesse falar, não saberia contar uma história melhor do que aquela que você e eu estávamos fazendo em cima dele. O colchão nos aplaudia, sim, e dizia a si mesmo que nunca presenciaria nada parecido, nem ele nem nenhum outro colchão daquele hotel, da terra inteira. Eu era, no fim, o mais deplorável dos patéticos.

Vemos uma pessoa anoréxica e não conseguimos entender como ela pode se enxergar gorda no espelho, quando salta aos olhos que ela não passa de um saco de ossos. Algo assim nunca poderia acontecer comigo, eu dizia a mim mesmo, uma distorção tão radical da minha autopercepção. Mas o apaixonado não é muito diferente em seu egoísmo: quando põe sua vida no espelho, não vê mais sua casa, nem seus filhos, nem sua companheira, nem seu trabalho. Por isso é capaz de arriscar tudo o que tem na vida, filhos, casa, parceira, para satisfazer a urgência de enviar um whatsapp erótico-afetuoso às três da manhã a uma pessoa que conhece há apenas sete dias e que provavelmente acabará odiando no momento em que perder tudo por causa dela. Esse sou eu agora, essa paixão me transformou nisso, e o pior, não quero ser curado, porque viver sem paixão já não parece viver, mas apenas existir, contando os dias, à espera de que aconteça alguma coisa, que chegue a sexta-feira, o verão, que eu consiga uma reportagem numa cidade exótica, que Paula esteja bem-humorada, que meu filho faça um gol no sábado de manhã, que Carmen me peça para fazer cosquinhas nela, que um amigo me convide para jantar, que qualquer um me ligue para me dizer que alguma coisa aconteceu, que alguém morreu, que alguém fugiu com alguém, que alguém foi expulso de casa.

Vou sentir falta daqueles dias com você, daqueles sete dias dos últimos anos, quando cada segundo era cheio de si mesmo, quando só o que estava acontecendo conosco era o esperado, e me bastava, me fazia esquecer o que chegaria em uma hora, em uma semana, em um ano, em toda a minha vida, não havia outro mundo além daquele que estava diante dos meus olhos.

7

Allens
BOOTS
Perdona,
no soy capaz
de dibujar
bien tu
espléndida
figura

A fantasia é importante. O rótulo. Permite que você seja outra pessoa, prepara a ocasião, a distingue, nos dá a oportunidade de elaborar um ritual, solenizar um dia qualquer, transformá-lo num momento especial, nos faz falar de forma diferente, nos movimentar com novos movimentos, acessar a possibilidade de outro eu. Odeio com uma aversão profunda as pessoas que desprezam ternos, gravatas, batinas, mitras, smokings, e que se vestem do mesmo jeito em todas as situações para insistir em seu folclore, em sua autenticidade. A Espanha está cheia de uma nova geração de políticos que fizeram do jeans e da camisa xadrez um uniforme para todas as situações, a mensagem é: sou como vocês, não me fantasio, sou sempre o mesmo, sou autêntico, não me elevo sobre a plebe com uma gravata. Não entenderam nada, são autênticos apenas em sua imbecilidade. Você tem que se fantasiar na primeira oportunidade que encontra, passar de um eu para outro, até achar o eu certo para a ocasião, para fazer da ocasião tudo o que a ocasião pode ser. O hábito faz o monge, é essencial para que o monge acredite que é e aja como tal. Sei disso desde pequeno, lembro de entrar no quarto da minha irmã mais velha quando ela saía e colocar sua roupa íntima, uma saia, e me sentir outra pessoa e começar a dançar, cantar, posar na frente do espelho e ser capaz de me mover e falar de outra forma. Também me lembro de vestir a roupa de coroinha do meu primo e sentir que podia falar com Deus cara a cara e de pôr o vestido de aeromoça da Iberia da minha tia em um domingo e servir café para toda a família como se estivéssemos voando para Nova York. Tudo começa com uma boa fantasia.

Como todas as noites desde a primeira noite em que nos beijamos temerosos, sabíamos que quando o sol se pusesse iríamos mais uma vez dançar *two-step* no White Horse, foi nossa única rotina em sete noites. E esta tarde que estou desenhando para você é aquela em que finalmente decidimos comprar nossa fantasia de cowboy completa, como autênticos frequentadores de *honky-tonk*. As botas, a pesada e chamativa fivela de metal, a camisa bordada, o chapéu, a gravata de cordão. Ser outro, dar uma folga ao nosso eu cansado.

Fomos à Allens Boots na South Congress Ave, a *ultimate store* para o cowboy fake, e nos dedicamos a comprar. É uma coisa que eu odeio, ir a lojas e comprar, se posso evitar, não ponho os pés em uma loja de roupas. Mas aquele dia me parecia um grande plano, o melhor plano, acordar pelados daquele cochilo, com uma névoa de cheiro de sexo preso debaixo das cobertas, tomar um banho demorado e ir atrás de uma fantasia de cowboy que faria do resto do nosso dia um palco para a nossa grande comédia romântica. Um santanderino e uma *chilan-*

ga, na capital do Texas, vestidos a rigor com o traje folclórico de quem dança e vive sua vida de cowboy. Essa fantasia não era particularmente barata, botas boas custam caro, bons chapéus também, e se somarmos cintos e camisas a conta chega perto dos 400 dólares. Nós dois sabíamos que seria difícil justificar um gasto desses quando voltássemos para casa. Imaginei, você também imaginou, aquele momento em que abrimos a mala e tiramos a fantasia: amor, gastei 350 euros em uma autêntica roupa de cowboy, olha a qualidade, valeu o preço. Ia virar um problema. Mas não podíamos evitar, o White Horse estava esperando por nós. O chapéu não bastava, era só o começo da fantasia, era preciso ir bem vestido. Por um momento, pensei em todas as coisas que poderia comprar em Madri por 350 euros: um tablet para Carmen, vários jantares de fim de semana, novos pneus para a moto, dois pares de chuteiras para os meus dois mais velhos. Não havia justificativa possível para esse desperdício. Mas a roupa de cowboy era essencial, não podia ir dançar *two-step* com você no White Horse outra vez sem um autêntico traje de cowboy. Você também não podia ser minha parceira sem gastar a mesma coisa em uma vestimenta de cowgirl. E nós dois vivemos a mesma situação, somos a parte frágil da renda familiar, nossos cônjuges ganham o dobro, o triplo ou o quádruplo que nós, são eles que sustentam a família, somos seres privilegiados que fazemos o que queremos, você faz projetos para edifícios fantásticos que raramente são construídos e eu escrevo colunas, ora inspiradas ora forçadas, que raramente demoro uma hora para terminar e pelas quais recebo menos a cada ano. Que direito temos de gastar 400 dólares em uma fantasia de cowboy para dançar *two-step* uma noite? Ouço a voz do meu pai, ele me diz de seu túmulo que não tenho esse direito. Mas acho que mesmo que não sejamos capazes de transformar nosso trabalho em dinheiro, ainda temos direito a esse capricho. Solto a faísca para que outros tenham o que discutir no café da manhã, e você, mais do que eu, possibilita que outros sonhem com os espaços onde gostariam de viver suas vidas. Precisamos nos livrar da culpa, seu marido é banqueiro, minha esposa é diretora de uma grande fundação cultural, eles ganham muito dinheiro, mas não tenho certeza de que eles dão mais ao mundo do que nós. Não nos sintamos culpados, esta vida não seria tolerável sem pessoas como nós. Podemos nos dar a um luxo.

O que de fato é condenável é a desculpa com que inicialmente tentamos justificar a nossa compra. Foi o nosso momento de maldade, e não pense que não senti prazer com isso por alguns instantes. Talvez minha roupa coubesse em seu marido, mas para Paula, que é menor que você, a sua teria ficado grande. E mesmo que lhe servisse perfeitamente, seria abjeto: dar a ela a roupa que você tinha usado para mim naquela noite, dizer que gastei 400 dólares para trazer uma lembrança do Texas para ela, vê-la vestida de cowgirl, e me lembrar de você naquela noite ao ver a roupa. Estivemos prestes a fazer isso, não pudemos deixar de rir da ideia e de nos sentir culpados ao mesmo tempo. Foi uma solução desnecessariamente cruel. Dar à minha mulher a camisa que tinha se apertado para conter os seus seios, e ainda mais dar ao seu marido calças em que um perito da polícia científica teria demorado muito pouco para encontrar esperma e sal cristalizado do suor de três horas de *two-step*. Você me disse para fazer isso, numa loucura de tequila, que assim você teria um incentivo para transar de novo, que vocês transavam uma vez por mês no máximo e que o coitado não sabia mais o que inventar para te colocar *in the mood for love*. Ele acharia a roupa de cowboy uma ótima ideia, e você saberia que na sua fantasia não era um cowboy que você estava fodendo, mas eu, ele fantasiado de Luis fantasiado de cowboy, que vai dançar com sua cowgirl em um *honky-tonk*.

Tentei imaginar o que teria acontecido se eu tivesse levado sua roupa para Paula. Seu marido teria ficado louco no minuto em que você tirasse a fantasia usada de sua mala e não pensaria mais em outra coisa, exceto que você achou que ele ficaria muito sexy vestido assim, que você queria incentivar a imaginação dele, mas minha mulher não teria agido da mesma forma, em primeiro lugar ela teria cheirado a roupa, teria observado se estava limpa, passada, embrulhada, teria encontrado cabelos, vestígios de suor, de perfume, o fato de não ser o tamanho dela teria colocado o suspeitômetro a mil, pensei que poderia dizer que era tudo de um brechó, mas depois ela me perguntaria como eu havia gastado 350 euros em uma roupa de cowgirl que ainda por cima nem servia nela direito, que ela achava um horror, vai saber quem teria usado aquilo antes.

E além de todos os riscos, o pior de dar de presente para nossos parceiros o que na verdade foi um presente que demos a nós mesmos era a falta de respeito que isso implicava. Foi aí que a traição começou, pensei, no momento em que arrastamos nossos parceiros para nosso relacionamento como objetos de uma piada perversa que só nós compartilhávamos, a crueldade começa quando a traição faz parte do prazer. Porque até então não tinha havido traição, não éramos as pessoas que eles conhecem que estavam fazendo o que estávamos fazendo, tínhamos saído da nossa vida para viver isto, fora até de nós mesmos, tudo acontecia em um não lugar, em lugares nos quais eles nunca pisaram, longe de qualquer olhar conhecido, em um tempo que já estava descontado do tempo que devemos aos outros, não contaminamos nada, cada coisa em seu lugar. Mas viajar de volta para nossas vidas com aquelas roupas de cowboy para nossos companheiros teria sido como quando o protagonista de *A mosca* entra no teletransportador de partículas com uma mosca, e se contamina, e acaba virando um monstro. Acabaríamos nos odiando por isso. Então abandonei minha roupa de cowboy no avião. Cheguei em casa e me lamentei como um idiota, disse que tinha comprado presentes para todos na loja de cowboys e que tinha esquecido tudo no avião. Fingi ligar para a companhia aérea, e a companhia aérea me dizia que não tinham conseguido encontrar. Fingi que puxava meus cabelos. Carmen me disse que o que vale é a intenção e me deu um beijo. Ela não sabia o quanto estava certa.

8

O que foi isso? Um enxame de morcegos — literalmente um milhão, de acordo com a Wikipedia — saindo das entranhas da Congress Avenue Bridge, uma ponte de concreto insípida sem valor arquitetônico algum, até escurecer o céu noturno como uma nuvem negra pairando sobre o Lady Bird Lake, que descubro agora, também na Wikipedia, ser um lago artificial construído para refrigerar uma antiga central elétrica transformada hoje em um shopping center, um *fake* maravilhoso. Observar o voo noturno da maior colônia urbana de morcegos sobre o lago estava no topo da lista de coisas que um visitante não pode deixar de fazer em Austin. Desafia todas as noções românticas de um ponto privilegiado para contemplar o pôr do sol no espelho d'água, aquele crepúsculo cinematográfico que já vimos mil vezes. Você me disse que te fascinava a forma descomplicada como Austin, apesar de sua feiura, de sua falta de monumentalidade e de sua escassa história, consegue exibir com orgulho o que a torna única. Você contemplava em êxtase a teatralidade daquela grande massa de ratos voadores com seus uivos ultrassônicos contra um céu avermelhado, esvoaçando sobre as picapes dos texanos que atravessam incessantemente as seis pistas da larga ponte, sobre os capacetes de um grupo de turistas obesos do interior do Texas fazendo seu *sightseeing tour* sobre um Segway, sobre nossos chapéus de cowboy recém-comprados oito quarteirões acima na Allens Boots.

— Espetacular. Neste lugar, a relação das partes com o todo, da paisagem e dos locais, é perfeita, vou falar disso quando voltar às minhas aulas — você explicou mais ou menos com essas palavras —. Isto é um grande achado. Tudo tem uma coerência maravilhosa, harmônica. Numa viagem a Veneza, o irremediável divórcio estético entre a cidade e esses mesmos obesos vestidos com agasalhos esportivos e fazendo um *sightseeing tour* destrói completamente qualquer fantasia, qualquer aspiração que tivéssemos de buscar o consolo da beleza ou o cenário perfeito para um caso. Isso acontece na Itália inteira, os italianos deveriam exigir vistos em que esteja claramente especificado quais roupas são admissíveis, e fazer controles na fronteira, apreender bonés de beisebol, moletons, *crocs*, jaquetas sintéticas de inverno, qualquer coisa que tenha zíper, e para quem não tem nada bonito, facilitar o aluguel de Valentinos ou de Loro Pianas, como requisito para entrar na cidade. Pessoas de aparência tosca, com tatuagens feias, piercings desnecessários, penteados absurdos e tinturas de cabelo, seriam expulsas com veemência sem motivo algum, algumas até espancadas. Dessa forma, talvez pudéssemos nos livrar da imensa frustração de ver a Itália contaminada pela poluição visual que toda essa ralé introduz na paisagem — esses cafonas, acho que foi o que você disse —, que, no entanto, são perfeitos, até necessários, na Congress Ave Bridge, para que possamos aproveitar ao máximo essa hora em que o céu se enche de morcegos e as pessoas em suas picapes descomunais se voltam para os dramas domésticos da *American suburbia*.

Não foram essas as suas palavras, mas você deve ter dito algo assim, porque eu te aplaudi, e aplaudi aqueles gordos no Segway, os morcegos, aplaudi o jeito que você os mostrou para mim como elementos harmoniosos e necessários naquela paisagem. Me entristece não ter gravado suas falas, nada me divertia mais do que quando você observava algo, corria e levantava voo com uma de suas descrições e me fazia assumir seus olhos para ver o mundo de uma forma diferente. Poucas pessoas são capazes de emprestar seu olhar.

Aquele foi sem dúvida o nosso pôr do sol, ali a estranha paisagem do nosso idílio encontrou sua expressão máxima. Aquela paisagem já está ligada à minha lembrança de você, mas também está ligada a muitas outras paisagens que nunca veremos juntos, e nas quais eu te evoquei ao ver cair uma tarde de céus ardentes, em um recanto silencioso a partir do qual se abre uma ampla paisagem. Nesses lugares onde nunca te verei, tantas vezes fiz todo mundo desaparecer, parei o tempo e imaginei você chegar caminhando, de longe, tão longe que no começo você era a silhueta distante de uma pessoa que caminha, não se sabe se homem ou mulher, e aí você vai ganhando um pouco de cor conforme se aproxima, já se pode intuir que você é uma mulher, começa a parecer até que pode ser você e não mais um dos outros sete bilhões de pessoas no mundo, é incrível, digo a mim mesmo, não é possível, mas quando começo a ter certeza de que é você, fico louco de felicidade: é ela, é inexplicável, mas é verdade, digo a mim mesmo enquanto você ainda não está perto o suficiente para que eu consiga ler completamente a expressão do seu rosto, que é o que acontece no último trecho que uma pessoa percorre até chegar a quem a espera, observando como ela se aproxima, e a poucos passos vejo a expectativa em seu sorriso, observo se seus olhos se mantêm em mim ou se você olha para o chão com aquela pequena dose de timidez e incerteza que nos inunda quando interrompemos uma longa ausência, e você finalmente me alcança, e já não consigo te ver porque você está muito perto, você está me beijando. Depois do beijo, que é bem demorado, te mostro a paisagem e ensino o nome de tudo que tem nela, o cabo, o morro, o farol, a praia, a rocha que aparece na maré baixa, conto tudo, apresento essa paisagem que faz parte da minha infância, da minha origem, porque em geral costuma ser uma paisagem cantábrica, é uma fantasia recorrente que tenho quando vou visitar a minha mãe em Santander e passeio pelos cenários dos meus verões, da minha infância, frequentemente levo você até lá para mais um pôr do sol perfeito, numa paisagem que deve parecer parte de mim, com a qual quero me misturar com você, contra a qual quero te ver e sobre a qual quero te ouvir falar, que você me diga o que pensou, que me responda com a expectativa da novidade, que me empreste o seu olhar para que eu veja o que acho que já conheço.

9

Hoje em dia todo relacionamento tem sua trilha sonora, ou almeja tê-la. Há canções que se tornam o tema principal daquela primeira etapa em que o amor ainda parece um filme, nos esforçamos para encontrar aquela música que podemos chamar de *a nossa música*, aquela capaz de captar o espírito daquele período e retê-lo, como uma gota de resina que aprisiona uma borboleta que pousa em cima dela, e depois de milhões de anos cristalizando-a, transforma-se em âmbar translúcido que em seu interior exibe a imagem dessa borboleta preservada para sempre como uma estranha joia.

Nós encontramos a trilha sonora quando, após ver os morcegos, fomos em busca do melhor hambúrguer de Austin, aquele que escolhemos após comparar várias das listas que aparecem quando se pesquisa "Best burger in Austin" na internet. O hambúrguer escolhido estava no Casino El Camino, uma espelunca mal iluminada, decorada como um templo maia de papel machê com seus glifos e monstros pré-colombianos, frequentada por caras cheios de tatuagens e com 27 piercings espalhados pelo rosto.

Havia uma gárgula gótica em cima do balcão do bar e, na frente, uma jukebox do tamanho de um armário, com uma seleção musical variada e bastante inusitada, as músicas tocavam em modo aleatório, saltavam esquizofrenicamente do thrash metal para o soul, do bebop para o psychobilly, passávamos de Megadeth a Miles Davis e daí a The Coasters, depois a Curtis Mayfield, a The Cramps, de Rahsaan Roland Kirk a The Saints... Há DJS que foram apunhalados por mudanças menos bruscas do que aquelas feitas mecanicamente por aquele pedaço de sucata, mas a verdade é que tudo o que tocava era bom. Os críticos musicais costumam usar a expressão *all killer no filler* para falar sobre um álbum em que todas as músicas são hits e não há nenhuma para tapar buraco, e aquela jukebox era *all killer no filler*.

Demoramos um pouco para entender que aqueles trambolhos de que dois caras estavam bebendo no bar, com canudos do tamanho de um cano e semelhantes a cornucópias das quais brotavam talos de aipo inteiros, tiras de bacon frito, pepinos em conserva, azeitonas grandes como ameixas, eram, na verdade, bloody maries. O copo era consideravelmente mais curto do que todas as protuberâncias que despontavam por cima da borda. Aquela imagem nos provocou uma longa gargalhada, você declarou que era a expressão perfeita dos dois grandes preceitos texanos: *more is more* e *size matters*. Pedimos um para nós dois, dava para alimentar várias pessoas com uma daquelas cornucópias. Era um bom presságio: como seria o hambúrguer nesse lugar se esse era o aperitivo deles. O barman multiperfurado nos encaminhou até uma janelinha no canto mais escuro da lanchonete, onde os hambúrgueres eram pedidos. Parecia a sala da caldeira de um velho barco a vapor. Pela janelinha podíamos ver dois homens gordos com camisetas pretas grudadas pelo suor na pele, os lóbulos das orelhas dilatados por alargadores enormes, vigiando hambúrgueres gigantes que suavam tanto quanto eles, sobre uma grelha em brasa. Pensei que as almas no inferno devem ser tratadas por caras com aquela mesma aparência. Pedimos o que eram indiscutivelmente os dois melhores hambúrgueres de nossas vidas e fomos rudemente informados de que demoraria o tempo que fosse necessário — *we don't make no fast food here*. Fomos beber a cornucópia ao lado da jukebox.

Estávamos na metade do nosso filme, eu me desdobrava para desfrutar da minha atuação ao mesmo tempo que curtia como um espectador o que estávamos fazendo, me esforçava para desempenhar o meu papel e não podia evitar sair de mim mesmo para me observar de fora, incrédulo, imaginando como era possível que eu estivesse vivendo aquilo, naquele lugar, com você. Eu me esforçava para viver aquilo sem pensar que estava vivendo, atento ao que diz Pessoa: *para ser feliz é preciso não sabê-lo*. Ali tínhamos o palco, tínhamos o figurino, os atores e só faltava a música. Tiramos alguns dólares do bolso, eu teria pago milhares se fosse preciso, mas bastaram cinco para comprar a grande música que naquele lugar, naquele momento, faria o papel de resina onde se instalaria aquele momento alado, e se cristalizaria e permaneceria conosco para sempre como uma joia antiga que nunca perde seu apelo. Houve uma grande discussão sobre as faixas — canções, você dizia, um nome muito mais bonito — que fariam esse milagre de preservar o âmbar, a seleção era excelente, mas limitada.

Você escolheu "Cosmic Dancer", do T. Rex, "Let's Get It On", do Marvin Gaye, "Wonderful World", do Sam Cooke, e "Play With Fire", dos Rolling Stones, todas elas canções que amo, que sei de cor e que quando você colocava já me dava vontade de querer dançar com você ou contra você, como você dizia, cheio de mão-boba. Eu só queria escolher uma, eu só precisava de uma, eu tinha visto minha bala de prata naquela jukebox, a música que eu sabia que se cristalizaria em âmbar para mim, "You Don't Know What Love Is", do Sonny Rollins, e a deixei para o final. Esse era o tema principal do meu filme. Não era particularmente dançante, era uma versão instrumental de uma música que você não conhecia na época, mas eu já disse, você vai ouvir quando chegar em casa, na versão que Dinah Washington canta, e quando você ouvir a letra — que você aprenderá de tanto escutar — entenderá como ela é resinosa e saberá o que o sax do Sonny Rollins estava lamentando quando a melodia decola e voa.

    E assim foi, a julgar pela sua lista de músicas do ano no Spotify, onde aliás vi que estavam as que você escolheu naquela noite também. Fiquei feliz em saber que você voltou muitas vezes àquele dia, se é que sabe como sair dele, pelo caminho de uma trilha sonora. Não tenho um levantamento digital de tudo que ouvi este ano (a ideia de ser monitorado pela música me apavora), já te disse várias vezes com muito orgulho que sou daqueles que continua colecionando vinis e dirigindo motos velhas que conserto na minha própria garagem — no fundo, dois hobbies esnobes e desprezivelmente *hipsters*, que me dão certa vergonha agora que se tornaram tão comuns, hobbies que acho tão irritantes nos outros que, quando vejo alguém com uma moto velha ou um vinil, sonho em queimar a vitrola e minhas três motos na mesma pira e me autoflagelar em público pedindo perdão. Tenho quatro versões dessa canção, todas de muito tempo atrás, sempre gostei dessa música, mas a única razão para eu ter tantas gravações dela é porque se trata de um *standard* do jazz, um lugar-comum do gênero, uma melodia que teve e ainda terá muitas versões, não porque até agora tenha significado alguma coisa para mim, sempre foi uma composição desabitada por qualquer tipo de memória pessoal. Até agora. Depois deste último ano, acho que até meus filhos já sabem a letra da música, gritam de novo não! toda vez que a ponho, e gritariam ainda mais se soubessem que esta canção é a fechadura pela qual tento vislumbrar aquela outra vida em que o pai deles não existe, nem eles, e eu não sou mais eu, nem minha casa é mais minha casa.

10

Moro na cidade com mais bares per capita do país com mais bares per capita. Com a idade, aumenta a pressão para que eu aceite minha derrota e acabe me relacionando com as pessoas por meio do esporte, de jantares em casa, clubes de leitura, viagens para o campo, oficinas de encadernação, aulas de dança e qualquer outra coisa que minha esposa inventar. Resisto a essa domesticação e, na medida do burguesamente possível, continuo me relacionando — ou evito me relacionar — nos bares. Procuro fazer minhas entrevistas em bares. Começo a escrever muitas das minhas colunas em bares. Bares especializados em orelha de porco e torresmo, bares de taxistas, bares de carteado e copos antigos, marisqueiras com pisos cheios de caroços de azeitona, casas de jogo com música, cafés onde só se ouve o barulho da cafeteira, bares lascivos com espelhos, couro falso e sem janelas, bares de velhos madrugadores que tomam anis no café da manhã e jogam em máquinas caça-níqueis. Quando viajo a trabalho, vou a bares todas as noites, mesmo que seja sozinho, principalmente se estiver sozinho. Gosto de sair sozinho nas cidades que estou visitando pela primeira vez e observá-las dos bares. Faço isso com o mesmo interesse com que outros viajantes visitam os grandes museus de uma cidade que não conhecem. E vou te dizer que se eu não tivesse esse fascínio em encontrar os bares idiossincráticos de cada nova cidade que visito, provavelmente não teria levado você ao White Horse e, se não tivesse, não teríamos nos beijado. Agradeça-me por esse passatempo que na nossa curta vida comum foi uma virtude, e que aparentemente é um vício na vida à qual volto. Com tudo isso não quero confessar que sou alcoólatra, mas que entendo muito de bares e quero afirmar minha autoridade como especialista de nível internacional no assunto e a partir disso proclamar que o White Horse em Austin é provavelmente o melhor bar do mundo — ainda que seja apenas por ter sido o local que contribuiu para que acontecesse o que nos aconteceu, o que não é por acaso, acredite em mim, o local estava cuidadosamente pensado para que pudessem acontecer coisas nele.

    The White Horse já cria expectativas antes mesmo de ser visitado, basta pensar em seu nome — O Cavalo Branco, o que mais se poderia querer de um bar de cowboys — e no tipo de local — um *honky-tonk* — para que a mente comece a evocar toda sorte de aventuras. Como as rinhas de galo, os bordéis, as praças de touros, os bilhares, os tablados de flamenco após o fechamento e, na sua cidade, os bares com pista de dança e *ficheras**, o *honky-tonk* é um desses estabelecimentos públicos

---

* Termo usado no México para mulheres — prostitutas ou não — que trabalham em bares ou boates fazendo companhia e dançando com homens. Em troca, recebem fichas que depois são trocadas por dinheiro pelo estabelecimento. [N.T.]

que parecem oferecer certas garantias de que coisas estranhas vão acontecer, e que me fazem antecipar que verei uma fauna exótica, vestida de forma inusitada, em estados alterados, gritando frases que vou querer resgatar no meu caderno, de que vou querer me apoderar, que vou querer repetir em outros bares, em jantares, tornar famosas em um artigo e talvez elevar a *memes* ou provérbios para que se emancipem e continuem suas vidas em outras bocas. Mas fundamentalmente, agora, depois de ter visitado o White Horse, posso dizer que o que é realmente extraordinário num *honky-tonk* é que as pessoas vêm dançar porque sabem dançar. Ou seja, elas sabem dançar agarradas, em pares e em sintonia com os outros casais na pista, que é a única forma de saber dançar, e fazem isso ao som de uma banda que toca ao vivo, e depois de algumas danças elas trocam de parceiro entre desconhecidos e, em suma, é um núcleo de resistência em um mundo ocidental onde as pessoas não dançam mais, mas se agitam, pulam e se contorcem espasmodicamente em uma multidão de solidões que olham para a cabine do DJ com uma mão para cima, seguindo o ritmo de um bumbo digital.

Eu nunca tinha pisado em um *honky-tonk* antes de nos conhecermos, mas tinha ouvido falar um monte sobre esse tipo de bar, eles faziam parte da minha própria mitologia de noites imaginadas, de lugares aos quais eu ainda não tinha ido, eram uma meca pendente. *Honky-tonk* é uma palavra sonora e cantante, um substantivo inesquecível que muitas vezes se encontra nas canções dos *bad boys*, eu especificamente a ouvi pela primeira vez na adolescência e graças aos Rolling Stones, em sua famosa "Honky Tonk Women", que por sinal é o primeiro riff que aprendi a tocar na guitarra do meu primo. Naquela época não havia como saber que diabos era aquela história de *honky-tonk*. Não existia internet, o termo não aparecia no dicionário inglês-espanhol que tínhamos em casa e ninguém que eu conhecia em Santander, nem mesmo a professora de inglês da escola, sabia me dizer o que significava *honky-tonk*, se era um bar, um bairro de Memphis ou um adjetivo para descrever mulheres capazes de surpreender dois caras durões como Keith Richards e Mick Jagger, lembre-se da letra: *the lady then she covered me with roses, she blew my nose and then she blew my mind, it's the honky tonk women*. A julgar pelo que acontecia naquela música, e o que quer que aquela coisa de *honky-tonk* significasse, eu soube desde a primeira vez que ouvi "Honky Tonk Women" que queria ir para aquele lugar onde as mulheres *honky-tonk* aparecem, que elas devem ser como as sereias de Ulisses, mulheres que te cobrem de rosas e te enlouquecem com suas propostas.

À medida que você vai explorando cada vez mais músicas, o termo reaparece e, no final, numa das dezenas de biografias de músicos que eu costumava comprar há vinte anos, quando ia a Madri, e das quais já não me lembro, entendi que um *honky-tonk* era um típico inferninho do sudoeste onde os fãs locais tocavam country rock ao vivo, dançavam *two-step* e coisas supostamente malucas aconteciam com pessoas malucas que tinham armas, chapéus, drogas e vontade de festejar. Essa história de visitar um *honky-tonk* para ver o que eu sentia era um desejo adolescente muito arraigado em mim, quase extinto e esquecido ao longo dos anos, que voltou a despertar assim que o jornal propôs que eu fosse a uma entediante convenção de jornalismo digital em Austin, Texas, porque na minha fantasia o Texas nada mais era do que a possibilidade de um *honky-tonk* cheio de gente armada, barbuda e de chapéu, tocando os primeiros acordes de "La Grange" do ZZ Top. Há lugares no mundo que são apenas uma sucessão de videoclipes em nossa imaginação, que se tornam reais — hiper-reais — quando os vivenciamos ouvindo a música com a qual os associamos há anos.

Um dia depois de pisar nesta cidade pela primeira vez, eu já havia feito uma pesquisa digital rigorosa para traçar o mapa do entretenimento local, havia identificado os *honky-tonks* locais e, o que é melhor, fora empurrado por não sei que força — certamente pelo desconhecido espírito protetor dos *honky-tonks* que zela para que os neófitos tenham um parceiro de dança — a te recrutar para a causa honquitonquera naquele primeiro café da manhã, e você sem saber viraria a mulher que aparece na terceira estrofe de "Honky Tonk Women", aquela que Mick e Keith não escreveram e que provavelmente estariam dispostos a adicionar à música hoje se tivessem nos visto naquela noite. E diz assim:

> *I saw this married lady in Austin, Texas,*
> *And asked her if she'd join me for a dance,*
> *She had to teach me how to move my body*
> *She held my waist and then she stole my heart.*

Você pode visitar museus conhecidos, grandes parques, monumentos, mas visitar uma música, entrar nela com a mesma facilidade com que Mary Poppins entra em um desenho de giz pintado na calçada, é algo que eu nunca tinha feito e suponho que você também não, mas foi exatamente isso que fizemos todas as noites em que fomos ao White Horse, e especialmente nessa, que estou desenhando para você, em que entramos com nossas fantasias.

Dentro de "Honky Tonk Women", tudo me parecia estranhamente familiar, como costuma acontecer na primeira vez que se visita um monumento emblemático ou um museu cujas peças já se viu em livros centenas de vezes. Lembra do lugar?, você comentou que um arquiteto nunca poderia ter desenhado aquilo, tinha, você disse, um nível de imperfeições e assimetrias que não era possível imitar em uma mesa de desenho. Do lado de fora é uma cabana de madeira, com um letreiro mal iluminado por lâmpadas que diz THE WHITE HORSE em tipografia de filme de caubói, um terreno cheio de pick-ups, uma portinha vigiada por um cara daqueles que são obesos e fortes ao mesmo tempo, que são carecas e cabeludos ao mesmo tempo, que são engraçados e apavoram ao mesmo tempo, daqueles que só a América profunda e algum país do Leste Europeu sabem fabricar. Lá dentro tudo é bastante escuro, duas ou três mesas redondas, na beira de uma pista de dança com piso de madeira irregular sobre o qual casais de todas as idades e condições giram como se fosse um espaço acelerado, dançando agarrados, no canto, ao fundo, um palco minúsculo com fundo de veludo vermelho artificial e espelhos, onde a banda de country rock toca, com suas longas barbas, o contrabaixo, a *slide guitar*, o ritmo compassado, binário, do *two-step*. Perto dos banheiros se vê uma porta junto a uma máquina automática da era pré-digital que vende cigarros, que ainda funciona, mas pela qual ninguém se responsabiliza se o seu dinheiro for engolido, e por essa porta se tem acesso a um espaço intermediário entre a pista de dança e o pátio, onde se pode fumar e onde todo mundo fuma, e onde dá vontade de voltar a fumar e, de fato, você voltou a fumar, e eu fumei até mentolados, porque ali não conta, você disse, porque tudo que acontece aqui não acontece em nenhum outro lugar, e naquele espaço que surge depois de passar a máquina de cigarro há uma mesa de sinuca sempre ocupada, uma cadeira sobre um pedestal, como um trono, com um engraxate polindo as botas pontiagudas de cowboy dos fregueses e de estrangeiros recém-chegados como nós, que, aliás, tínhamos comprado nossas botas algumas horas antes e elas já estavam brilhando antes de serem limpas, mas não era isso que importava, e sim sentar no trono, ver aquele estranho reino lá de cima com um uísque, e em frente ao trono havia um velho piano de parede, desafinado e desconjuntado, com uma tecla prestes a falhar, com uma placa manuscrita que diz: *please play me*. Os espontâneos se sentam para tocar músicas geralmente conhecidas, de mais ou menos sucesso, às vezes conseguem reunir em torno deles coristas espontâneos, que incentivam outros espontâneos a pedir sua vez no teclado, você insistiu comigo, me testou, vamos ver se você é um farsante ou não, eu te falei que não toco há anos, mentira, você gritava com seu uísque para cima, derramando, você tá mentindo!, você disse que tinha voltado a tocar, agora que a sua filha mais nova está fazendo aula, e eu respondi que tinha dito aquilo para parecer interessante e para fazer você me amar mais, porque nós que aprendemos a tocar instrumentos tarde fazemos isso só para flertar e para que nos ofereçam baseados, e comprovamos que quem tinha banda transava mais e também recebemos convites para muitas coisas, mas que eu nunca aprendi a tocar nada dignamente, que seria um desastre, nos expulsariam aos pontapés, bem, que nos expulsem, você disse, se não tocar não vai dormir na minha cama hoje, e você me disse que agora era hora de cantar bem alto, pirraça pura, que era isso que seu corpo estava pedindo, que precisava se livrar do veneno. Fiquei ao lado do piano, esperei minha vez cantando em todo coro que se formava, de "Imagine", de "Blue Moon", até que finalmente me sentei ao piano, nervoso, tentando lembrar como se fazia, bastavam os acordes, algo fácil, uma rancheira é a melhor coisa para gritar, eu te disse, e também era mais fácil de tocar, quatro acordes bastavam para tocar todas elas na sua versão mais básica, que tal "Volver", você propôs, e eu disse que aquela era muito escandalosa para começar, que eu não tinha bebido o suficiente, você respondeu que naquela espelunca eles iriam achar bom um pouco de escândalo, onde mais, e você me relembrou a letra, me deu o que sobrou do seu uísque, me deu um beijo, acendeu um cigarro para mim e eu comecei a bater no piano, você gritando, *y volver, volver, vooooooooolver, a tus brazos otra vez, llegaré hasta donde estés, yo* sé perder, *yo* sé perder, *quiero volver, volver, volver*, e para a segunda rodada do refrão tentei gritar tão alto quanto você, e dois mexicanos que estavam por ali se juntaram a nós. As pessoas não se surpreendem muito com o que pode acontecer no White Horse, mas, ainda assim, o gordo forte na porta espiou para ver se era uma música ou um problema de ordem pública, *it's alright, it's just a Mexican song, that's how you sing it*, você disse, ele fez algo com o rosto que poderia ser um gesto de aprovação ou um gesto de dessa-vez-eu-vou-deixar-passar. Uma canção mexicana não tinha como soar mal naquele lugar, estamos ao lado da fronteira, metade da população é mexicana, você me disse, e depois daquele escândalo quem ousaria mexer com você, éramos um romance fronteiriço, você disse, adúlteros fugitivos, toda vez que eu colocava a mão no bolso sentia que faltava uma pistola, pedíamos mais uísque, éramos dignos de uma letra de música, servíamos para rancheira ou country, *The Ballad of Camila & Luis*. Éramos aquilo que eu fantasiava quando era criança, passar todas as noites em um *honky-tonk*, com todo o perigo que implica realizar um sonho adolescente quando se começa a ficar grisalho.

11

Os penúltimos dias são os melhores. Eles não precisam carregar nas costas a tragédia de ser a véspera de uma despedida, o prelúdio de uma longa ausência. Não se beija, não se come, não se ama, nem se fala com a seriedade e a tristeza da última vez, o olho ainda não está embaçado, segurando a lágrima que virá amanhã. Fomos para a sua cama sabendo que ainda tínhamos mais uma noite e um dia inteiro, estávamos um pouco bêbados, transamos sem tirar a roupa de cowboy e depois transamos outra vez pelados. Dormimos abraçados, como só os apaixonados podem fazer, porque sabem encontrar a posição exata em que dois corpos se encaixam confortavelmente sem cortar o fluxo sanguíneo para as extremidades. Há quanto tempo você não dormia assim com alguém? Alguém que não fosse um filho pequeno, é claro. O mundo do sonho é um lugar solitário, é em seus portões que nos despedimos, onde finalmente estamos completamente sozinhos, por mais que adormeçamos abraçados. E o difícil não é dormir com alguém. O difícil é acordar com alguém ao seu lado, ver que a vida recomeçou, que o sol voltou a nascer, que é preciso viver mais um dia e alguém está na sua cama, continua na sua cama, ou você ainda está na da pessoa, ou a cama ainda é de vocês e não sua ou dela, mas sim, a grande prova é a hora que acordamos juntos. Lembro de acordar em uma cama alheia e querer sair correndo antes que a pessoa ao meu lado acordasse. Ou se fosse um hotel onde eu estava hospedado ou minha casa de solteiro, fingir estar dormindo para facilitar a fuga da mulher que havia conhecido na noite anterior, fingir descaradamente, roncando como um porco, para dar o empurrão final naquela pessoa que eu gostaria que desaparecesse, para que ela entendesse a mensagem. Porque nada é igual quando o sol nasce, tudo costuma ser uma desilusão cheia de remela, cheiro de sovaco, hálito matinal e roupa íntima usada. E com você isso não acontecia, eu acordava e tudo ainda estava igual, o feitiço não havia se dissipado, você continuava cheirando bem, e sua pele, seu cabelo mantinham a mesma atração da noite anterior, e eu acordava com um misto de desejo e terror, com medo de que quando você acordasse me achasse nojento, tão limitado, fedorento e finito como eu me sentia diante de um novo dia, com medo de não ter nada de novo para te oferecer.

Na vida para a qual eu volto, é igualmente difícil acordar com alguém, ver que tudo continua onde deixamos na noite anterior, e não saber se é um dia a mais ou a menos, olhar para a sua parceria sem expectativas, apenas tentando adivinhar com que humor ela vai acordar, como quem espia pela janela para conferir o tempo, e lembrar antes de trocarmos qualquer palavra, naqueles minutos em que a gente se prepara para sair da cama, o que pode me animar nesse dia, inventar alguma coisa rápido se não houver nada à mão, dizer a mim mesmo que hoje vou comer em tal lugar, ou que vou ligar para tal amigo, ou que vou pintar o tanque de uma das motos, ou que vou pôr uma canção específica para as crianças quando elas acordarem. Sim, Camila, esse momento é assim: você tem que inventar rapidamente o motivo para conseguir levantar da cama com o pé direito, porque ninguém te ajuda a achá-lo, e depois de alguns minutos, se você não o encontrar, você começa o dia sem ele e não é possível voltar, a rotina segue como uma esteira rolante que te leva para a cama à noite e de manhã você acorda de novo na mesma cama, com a mesma pessoa ao seu lado que mais uma vez não poderá te fazer levantar com nenhuma expectativa que você mesmo não tenha sido capaz de construir.

    O que mais me surpreendia em estar com você era acordar e ver que você ainda estava lá, perceber que depois do sonho era verdade novamente que você estava comigo, que seu peito sardento ainda respirava, que eu também ainda estava lá com você, e que ainda havia uma cama embaixo de nós, e o hotel ainda era um hotel, Austin ainda era o que havia por trás das vidraças da janela, e que eu não havia deixado de sentir nada do que sentia quando vigiei o seu sono, e eu só me perguntava se quando seus olhos escuros se abrissem você me olharia da mesma forma. Esperava furtivamente e com imensa expectativa para ver o que você faria primeiro ao acordar, me abraçaria e ficaria dormindo mais um pouco ou me olharia em silêncio antes que alguém falasse alguma coisa? E o que você diria primeiro, ou seria eu quem falaria? Você me contaria sobre um sonho que teve durante a sesta, ou descreveria devagar e com precisão o café da manhã que teria feito para mim se estivesse no México, como você fez na manhã anterior, e eu, salivando, protestei que você estava me impondo o suplício de Tântalo, e você cobriu minha boca com seus beijos como na rancheira e muitas, muitas horas se passaram assim? Não haveria pressa para levantar da cama, começávamos a inventar o dia ali mesmo e não depois de tomar banho, tirar as remelas, passar perfume e nos recompor. Então, mais tarde, depois de levantar da cama, minha expectativa se renovava quando pensava que ainda faltava ver como você arrumaria o cabelo, como se vestiria, que acessório novo colocaria, que roupa nova que eu nunca tinha visto antes você tiraria da sua mala.

Não preciso que a vida seja assim todas as manhãs, não é isso que peço, compreendo muito bem que duram pouco esses longos despertares compartilhados, também os tive com Paula e você me fez lembrar deles. Depois de experimentá-los novamente, fica difícil voltar a uma vida em que nunca mais será assim. Repito: a gente tinha um bom arranjo, Camila, quatro dias por ano. Embora talvez o mais sensato fosse terminar onde e como você terminou. Não vou discutir isso com você, nem vou reclamar, entramos livremente nisso e saímos livremente também: é o casamento que impõe a obstinada aspiração de que nem o tédio nem a falta de amor, mas única e exclusivamente a morte seja o que nos separe. Os amantes ficam unidos até que o medo, a culpa, a sanidade, a ameaça ou a conveniência os separem, o mundo inteiro conspira para separá-los, mas o que certamente os separará de modo inevitável será o tédio, a coisa indefectivelmente morre quando *the thrill is gone* e apenas nesse momento.

 Seria razoável substituir a palavra morte pela palavra tédio nos casamentos, você não acha? O mundo seria um lugar mais feliz e, acima de tudo, mais compreensível e compreensivo. Veja como as coisas mudariam, imagine se dissessem no altar: "Prometo ser fiel e respeitar-te, na riqueza e na pobreza, na saúde e na doença, para amar-te e cuidar-te até que o tédio nos separe". Porque na verdade a morte não separa, ela une ainda mais, ninguém ama mais ou se sente mais unido a seu cônjuge do que quando ele morre. Acontece com minha avó, que é viúva há quarenta anos e não para de comparar pejorativamente todos os homens com seu marido, e acontece com minha prima María, cujo imprestável do marido teve morte cerebral há dois anos e agora ela o ama mais do que nunca, só pensa nele, não consegue desligar o cara e reconstruir a própria vida. Ela o ama mais do que nunca, e antes não o suportava. O que nos separa (além, por exemplo, do jogo compulsivo, do alcoolismo, do abuso, da degradação, do desperdício e da obesidade súbita) costuma ser o tédio, nunca a morte. O tédio de ver como tudo o que te irrita na sua parceria e o que em você irrita a sua parceria se repete o tempo inteiro, porque ninguém é capaz de mudar, e nada de novo surge para compensar o que sabemos que se repetirá amanhã, e que nos irritará de novo, e que às vezes não é mais do que o barulho que a pessoa faz ao engolir água, a forma como guarda a garrafa de vinho em pé e não deitada, como sempre se deve guardar um vinho, ou a mania que tem de assoar o nariz bem alto antes de dormir, aquela cama feita de qualquer jeito, deixando o edredom mais comprido de um lado do que do outro, ou o previsível pedido de abaixar a música na terceira faixa de um disco que considera inapropriado para aquele momento em que é tão apropriado para você, ou, em suma, qualquer um daqueles mínimos aborrecimentos que fluem de nossa vida cotidiana como gotas de torneiras que não se consegue fechar completamente, gotas que nunca causam uma inundação, mas que jamais nos deixam descansar do barulho implacável e enlouquecedor do gotejamento.

Até aqui fiz a reportagem gráfica que eu te devia, a crônica jornalística da nossa história. Com isso e neste ponto acho que já poderíamos ficar com a lembrança, como você me disse para fazer. Estou sendo repetitivo: a história tem de ser contada para que haja algo que se possa guardar, o contrário é vagar para o esquecimento, e esquecer é entregar nossa vida ao nada. O próprio Faulkner diz isso em outra carta, uma carta que mencionei no início da minha, e que é a que mais me impressionou e a que me levou a escrever esta carta tão longa. Ele a envia anos depois dessas duas cartas que copiei para você antes e que são do início de seu relacionamento. Ele a escreve depois de muitas outras cartas que se seguem àquelas duas primeiras, cartas ainda cheias de fantasias antecipatórias, erotismo, avidez, proclamações amorosas, de *tomorrow tomorrow tomorrow*. Depois das cartas frias que se seguem àquelas cartas quentes e que já não parecem cartas, e sim notificações, escassas em linhas líricas e abundantes na pura logística do *affaire* (estarei em tal lugar em tal dia, venha me ver, eu pago a sua passagem, escreva para este endereço). Escreve essa carta pouco antes de entrar no período final, quando as cartas voltam a ser novamente cartas, mas não antecipam explosivamente nenhuma nova alegria, discorrem com um novo tom calmo, o de quem evoca e recorda, com um tom de gratidão e nostalgia, de uma distância resignada. Esta é a carta, no destinatário do envelope já podemos ver que Meta mudou de nome, que agora é uma senhora casada:

Friday.

Are you still there? I have two books for you,
when I know where to send them.

They had what they call the 'world premiere' of
MGM's INtruder in the Dust here this week. I
thought it was a very fine job; wished I had
been Clarencee Brown, who made it.

I dream of you quite often. At first I thought
too often, dreaded sleep sometimes, or waking.
But now it is not so grievesome. I mean, no less
grievesome, but I know now grief is the invie-
table part of it, the thing which makes it cohere;
that grief is the only thing you are capable of
sustaining, keeping; that what is valuable is *shabbily,*
what you have lost, since then you never had the
chance to wear out and so lose it, ~~Darby~~ and Joan
to the contrary. And, as a character of mine said,
who had lost hi s heart his love by death: 'Between grief and nothing, I will take grief.' I
know that's true now, even though for a while
after September in 1942 and again after July
in 1943, I believed different.

Give my best to Sally and John. I'll send the
books when I know where.

Bill

Você ainda está aí? Tenho dois livros para você, quando souber para onde mandá-los.

Aqui esta semana tivemos o que chamam de "estreia mundial" da produção da MGM de "Intruder in the Dust". Acho que foi um belo trabalho; gostaria de ser Clarence Brown, que o fez.

Sonho muito com você. No começo pensei que era demais, às vezes tinha medo de dormir, ou de acordar. Mas agora não é mais tão doloroso. Quer dizer, não que seja menos doloroso, mas agora sei que a dor é a parte inevitável, é o que lhe dá coerência; que a dor é a única coisa que você é capaz de suportar, a única coisa com a qual você pode ficar; que o valioso é o que você perdeu, porque você nunca teve a possibilidade de esgotá-lo e, por isso, perdê-lo [displicentemente]. Darby e Joan são o oposto. E, como disse um dos meus personagens, que havia perdido seu coração, seu amor, para a morte: "Entre a dor e o nada, fico com a dor." Agora sei que é verdade, embora por algum tempo depois de setembro de 1942, e de novo depois de julho de 1943, eu acreditasse no contrário.

Dê lembranças minhas a Sally e John. Enviarei os livros quando souber para onde.

Bill

Leio isso como um prognóstico, nessa carta está o que provavelmente vou enfrentar a partir de agora (*I dream of you quite often... dreaded sleep sometimes, or waking*). Bill a envia a Meta em 1949, cerca de quinze anos depois de se conhecerem. Entre esta carta e a imediatamente anterior transcorreram três anos. Não sei se foram três anos de silêncio, mas não há outras cartas de 46 a 49 no arquivo. A maneira como ele abre a carta — *are you still there?* — me faz pensar que foram três anos de longo silêncio. Também penso assim depois de ver a última carta antes desse período de silêncio. É uma nota concisa e fria, puramente logística, para ver se consegue marcar um encontro, sua última linha diz *let me know your itinerary, dates, etc. I will see what can be done*. Não há determinação, *vou ver o que se pode fazer*, ele diz a ela. Claramente não é o tom de convicção do homem apaixonado que escreveu *tomorrow tomorrow tomorrow* anos antes. Meu único consolo neste momento foi ler aquela carta gélida várias vezes — *I will see what can be done* —, quero pensar que me adverte sobre o que nos esperaria se continuássemos nossos encontros por anos, nos previne sobre a chegada daquele dia em que você ou eu teríamos escrito uma breve mensagem desse tipo: *vá me dizendo onde você vai estar e vou ver se consigo ir te ver*. É melhor sentir a dor agora, você foi sábia.

Anos depois vem essa carta que abre com um *você ainda está aí*. Acho que ele quis perguntar se ela ainda estava naquele endereço, as pessoas estão constantemente mudando de endereço nos Estados Unidos e, na era pré-digital, se você perdesse a mudança de endereço de alguém, essa pessoa talvez desaparecesse da sua vida para sempre. E Meta ainda estava lá, não sabemos o que ela respondeu porque Faulkner, pelo que li em outra de suas cartas, destruiu a correspondência de Meta para que não fosse descoberta. Mas Meta guardava a de Faulkner com a meticulosidade de uma arquivista.

Na carta, Bill relembra a Meta o que seu personagem de *Palmeiras selvagens* diz, que entre a dor e o nada, escolhe a dor (*between grief and nothing, I will take grief*... fico em dúvida se *grief* se traduz como tristeza ou como dor, você escolhe). E para que Meta não precise ler o livro, Bill resume tudo em um par de frases, e são essas frases que me surpreenderam quando te conheci brevemente e te perdi. Entendo enfim esse romance, e o entendo na pele. Tive que vivê-lo, sinto que me decifro quando leio nesta carta *agora sei que a dor é a parte inevitável disto, é o que lhe dá coerência; a dor é a única coisa que somos capazes de manter, de conservar; que o que tem valor é o que você perdeu, que é por isso que você nunca teve a possibilidade de se esgotar, e de perdê-lo por desgaste.* Você me poupou do desgaste e do esgotamento, em troca fico com esta dor, tão real e tão física, como prova irrefutável de tudo o que você me deu, e acho que compensa, e de bom grado a acolho dentro de mim.

Te amo, Camila, te amo muito. Adeus adeus adeus.

Luis

De Luis para Paula

Nova York
Junho de 2019

Querida Paula,

    Hoje me perguntei quando foi a última vez que te escrevi uma carta. Na verdade, não me lembro da última carta que escrevi de próprio punho para alguém. O e-mail eliminou as relações epistolares, embora não as tenha substituído. Um e-mail e uma carta têm muito pouco a ver. A primeira grande diferença é que se perde a mensagem que se passa e por isso se acaba perdendo também a memória do que se disse, do que se contou e do que se perguntou: as cartas se tornam documentos que pertencem a outra pessoa. Não é o caso dos e-mails, dos quais sempre há uma cópia na pasta de enviados. A outra grande diferença é o tempo de entrega e resposta — sempre incerto —, bastante longo para os usos tão ansiosos de hoje em dia. Dedicamos tempo às cartas: para escrevê-las, enviá-las, recebê-las e respondê-las. Normalmente não tratam de assuntos que esperam uma resposta imediata, mas sim de assuntos que exigem uma boa resposta, uma resposta elaborada, com conteúdo suficiente para sustentar o destinatário até a próxima chegar. O que se pede a quem nos escreve é que conte como tem passado, como está e o que pretende fazer. Em suma, que nos atualize, que nos conte sobre sua vida. Algo que nunca perdoaríamos que nos detalhasse em um e-mail.

    Vou te escrever uma carta porque quero contar o que está acontecendo com a minha vida e perguntar o que está acontecendo com a sua. É o que se fazia quando se estava longe, e eu estou muito longe de você. Muito. Aqui, fazendo uma escala em Nova York, finalmente sinto que os oito mil quilômetros que nos separam e as seis horas de diferença entre Madri e Nova York correspondem à distância que tem separado nossas vidas ultimamente. Nesse meio-tempo, porém, algo inesperadamente me aproximou de você, eu diria até que me teletransportou a você e, de repente, te sinto mais perto do que nos últimos anos.

Quando estive em Austin, visitei o Harry Ransom Center, um centro de pesquisa em humanidades que pertence à Universidade do Texas e é um dos grandes arquivos literários do mundo. Apesar disso, ninguém sabe nada sobre ele. Nem mesmo você, ouso dizer. Você ia enlouquecer lá, aliás, pensei que no ano que vem, se ainda não tiverem me demitido, e se o jornal se dispuser a pagar a minha ida a esse congresso, esticamos um pouco a estadia e você vem a Austin comigo. E se já tiverem me demitido, a gente tenta ir assim mesmo, vale a pena. Aparentemente, o centro armazena dezenas de milhões de documentos. A lista de todos os escritores, filósofos ou poetas cujos materiais acabaram inexplicavelmente no centro do Texas é imensa. Entrei nesse lugar com o objetivo de bisbilhotar os cadernos de Bob Woodward, o jornalista do Watergate, investigar sua investigação e fazer uma reportagem sobre sua reportagem, que você definiu em outras ocasiões como "esses conteúdos metajornalísticos que vocês têm feito ultimamente no jornal para valorizar seus próprios paus enquanto transmitem aos leitores a importância do jornalismo investigativo e assim os convencem de que pagar uma assinatura para lê-los é o caminho para que a democracia não acabe". Bom, não posso discordar dessa avaliação. O fato é que uma vez dentro do arquivo me deparei com um extenso inventário de materiais, entre os quais se mencionava uma série de caixas com papéis do seu ídolo literário, o Sr. William Faulkner, ou apenas Bill para aqueles de nós que o conhecemos mais intimamente, então me perdoe por chamá-lo de Bill. Pedi algumas dessas caixas para tirar umas fotos para te enviar e para que você visse que mesmo à distância me lembro das coisas que te emocionam. Lá eles distribuem manuscritos originais com a mesma facilidade com que emprestam qualquer livro na biblioteca da Prospe. Obviamente não é permitido levar os materiais, mas eles disponibilizam uma mesa para que você possa examiná-los o quanto quiser e, se assinar um pedaço de papel prometendo que não os publicará em lugar nenhum, pode tirar fotos deles. Fotos que vou compartilhar com você, e que você já sabe que não deve compartilhar com mais ninguém: *don't mess with Texas*.

Eu estava planejando gastar apenas alguns minutos nos documentos de Faulkner e, uma vez que tivesse te enviado algum deles com um recado carinhoso, eu me concentraria nos documentos do Watergate. O congresso estava sendo bastante intenso, quase não nos dava tempo de escapar para fazer outras coisas. Mas entre todos os papéis de Faulkner, encontrei uma pasta com cartas para sua amante, uma tal de Meta Carpenter. E aquela pasta, sem querer, funcionou como uma troca de trilhos que me levou a um destino bem diferente. Tanto que nunca mais voltei ao congresso nem examinei os papéis do Watergate, e acho que vou ter dificuldade de encontrar um trem para voltar ao lugar de onde essas cartas me desviaram.

Não sei bem o que vou fazer na reportagem que me pediram, e a culpa será sua: vou explicar no jornal que foi por sua causa que abri aquela pasta que me mergulhou em uma certa confusão. Inquietação é uma palavra mais adequada. Fiquei horas na escura e silenciosa sala de leitura do HRC, lendo sob uma lâmpada, uma a uma, todas as cartas de Bill para Meta, uma correspondência que, pelo que indicam os selos postais, se estende por cerca de trinta anos, até pouco antes da morte de Bill, e que traça as curvas de uma relação paralela que é o refúgio em que se pode sobreviver a esse tédio do casamento que você e eu conhecemos tão bem. Faulkner parece viver como um cavaleiro andaluz em uma cidade do Mississipi chamada Oxford e, quando precisa de dinheiro (e oxigênio), se despede da esposa e vai para Los Angeles escrever roteiros, lá tenta produzir esses roteiros em pouco tempo e com zero entusiasmo, como mera formalidade, para assim poder riscar todas as horas possíveis para estar com Meta, a secretária de Howard Hawks. Acabei de ver tudo isso na internet, você talvez já soubesse. Não que eu me importe muito com os detalhes, mas precisava de algum contexto depois de ler as cartas.

A primeira curva traçada pelas cartas é ascendente, expansiva, nela vemos um homem que, quando escreve para o público, é capaz de ganhar o Nobel usando todos os seus truques para uma única leitora. Nela Bill transfere toda a emoção de um próximo encontro com Meta e põe a imaginação de sua amante para trabalhar muito antes de bater à sua porta, usa a linguagem para viabilizar esse seu tempo fora de sua vida de casado, dias em que de repente todos os jogos de amor são possíveis novamente.

Muitas das cartas são datilografadas e ocupam apenas um lado da folha. Eu as devorei em poucas horas, com uma angústia semelhante à que sinto ao ver terminar a garrafa de um caro e bom vinho que talvez eu nunca mais volte a provar. Felizmente resisto às cartas escritas à mão, é muito difícil entender a caligrafia de Faulkner, o cara inventou sua própria variante do alfabeto latino, e é preciso adivinhar metade das letras. Tirei fotos delas e passei uma tarde inteira tentando decifrá-las num bar de drinques com um pátio onde se fuma charutos. O lugar se chama Weather Up e fica em uma velha casa de madeira nos arredores de Austin, com sua varanda de madeira, suas cadeiras de balanço, uma boa nogueira fazendo sombra no meio do pátio, é essa casa que você já viu mil vezes em qualquer filme americano sobre o sul dos Estados Unidos, com um *carrot cake* fumegante no parapeito da janela e um assassino em série espiando do sótão.

No final, uma única carta ocupou toda a minha tarde, me levando a quatro uísques escrupulosamente medidos (me disseram que não podiam servir mais de três, mas consegui um extra graças ao meu truque do sorriso encantador que aparentemente ainda funciona com outras pessoas) e dois nojentos charutos nicaraguenses comprados em um posto de gasolina. Me sentei na cadeira de balanço, peguei meu caderno e comecei a transcrever aquele texto sem pressa. Enquanto fazia isso, imaginava o que seu autor teria achado de meus esforços.

É realmente incrível pensar que a carta que alguém escreveu à sua amada numa intensa saudade, numa noite do ano de 37, iria sobreviver à sua morte guardada numa caixa junto com as outras cartas escritas em outros momentos de desejo, e que aquela caixa ia ser vendida pela amante a um professor universitário obcecado por Faulkner, e que esse professor a deixaria para um arquivo no Texas, e que em 2019, com o remetente e a destinatária já mortos há muito tempo, aquela caixa ia parar por acaso nas mãos de um cara de Santander que estava passando e que só queria tirar uma foto de um papelzinho escrito por Faulkner para enviar algo que pudesse entusiasmar sua esposa (uma mulher que se afeiçoou a seus livros durante seus estudos literários), e que, parando para olhar as cartas, esse homem de Santander sentiria o impulso de passar a limpo, pela primeira vez, suas cartas ilegíveis para sua amante e, mais ainda, que ele tentaria imaginar e entender o que aquelas cartas significavam, tentaria resgatar aquele momento de desejo, ressuscitar aquele ímpeto que iluminava cada uma daquelas cartas, para poder transferir um pouco de sua força em uma carta para sua mulher. Pensando bem, podemos até dizer que você foi a destinatária final desta carta de Faulkner que vou compartilhar agora, desta que extraí dos porões do arquivo para te entregar transcrita.

Estou incluindo uma foto da carta para que você entenda a dificuldade de minha tarefa como transcritor. Mas eu diria que interpretá-la é ainda mais difícil que transcrevê-la. Você vai ver que é uma carta escrita com a consciência de que ninguém, exceto quem a recebe e quem a escreve, poderá encontrar nela algum sentido.

Sunday morning

When you wake and read this, you are to believe that you are still asleep, waiting to wake and remember it's Sunday morning and that soon the phone will ring and they will tell you I am waiting downstairs, for breakfast together and ping pong and then the hours in the sun and wind and much talking that cannot even make sense to anyone but us.

Then (you are still asleep, remember) you will put this one away and you will dress and have breakfast, maybe with Sally and John, and play ping pong with them and dine at the Hall Drawn and return home for music and rest, and your day will be pleasant, and you will get into bed and then you will open the next one, the one for Sunday night; you will have had the pleasant day behind you but it will not have actually been; it will just be that dizzy time between sleeping and waking, because now you will have this second one in your hands and you will open it and then you will wake and I will be there.

Sunday morning

    When you wake and read this you are to believe that you are still asleep, waiting to wake and remember it's Sunday morning and that soon the phone will ring and they will tell you I am waiting downstairs, for breakfast together and ping pong and then the hours in the sun and wind and much letters (?) that cannot even make sense to anyone but us.

    Then (you are still asleep, remember) you will put this one away and you will dress and have breakfast, maybe with Sally and John, and play ping pong with them and dine at the xxx xxxx (?) and return home for music and bed, and your day will be pleasant, and you will get into bed and then you will open the next one. The one for Sunday night; you will have had the pleasant day behind you but it will not have actually been, it will just be that lazy time between sleeping and waking, because now you will have this second one in your hands and you will open it and then you will wake and I will be there.

Ponho um ponto de interrogação ao lado das palavras que me deixaram em dúvida até o fim e em cuja transcrição não posso confiar. De qualquer forma, não compromete a compreensão da carta. Quero acreditar que diz *letters*, mas com certeza diz outra coisa, não faz muito sentido como frase, mas vamos forçar essa transcrição, me diverte imaginar que estavam o tempo inteiro se escrevendo cartas como esta que só eles entendem. Há duas palavras impossíveis que correspondem claramente ao nome de um restaurante, mas, por mais que eu tente decifrar, só consigo ler *Hall Brau*, um nome sem muito sentido e sem referências na internet, então vamos deixar em branco.

    Domingo de manhã

    Quando acordar e ler isto, você deve acreditar que ainda está dormindo, esperando para acordar e lembrar que é domingo de manhã e logo o telefone vai tocar e vão te dizer que estou te esperando lá embaixo, para um café da manhã juntos, pingue-pongue e depois as horas de sol e vento e muitas cartas que não poderiam fazer sentido para ninguém além de nós.

Então (você ainda está dormindo, lembre-se) você abandonará esta aqui e se vestirá e tomará café da manhã, talvez com Sally e John, e jogará pingue-pongue com eles e jantará no xxx xxxx e voltará para casa para ouvir música e ir para a cama, e seu dia será agradável, e você irá para a cama e então abrirá a próxima. A de domingo à noite; você terá passado um bom dia, mas não terá realmente acontecido, será apenas essa flutuação entre o sono e o despertar, porque agora você terá esta segunda carta em suas mãos e você a abrirá e então acordará e eu estarei aí.

Eu leio essa carta e me pergunto: o que está acontecendo aqui? Bill e Meta estão brincando de quê? Passei horas refletindo sobre a cena, balançando na varanda do Weather Up, tentando reconstruir essa manhã de domingo em fevereiro de 1937. Há uma parte da carta que descreve um acontecimento verídico, Meta acordará num domingo de manhã e encontrará uma carta, e logo após lê-la Bill chegará à sua casa com o propósito de passar um dia inteiro com ela. Há outra parte importante que deve acontecer na imaginação de Meta: Bill lhe pede, ou melhor, ordena, que quando ler a carta imagine que ainda não acordou, que se veja ainda dormindo, antes de acordar para encontrá-lo no café da manhã para jogar pingue-pongue e passear por uma praia. Quando acordar desse sonho imaginário não acontecerá nada do que realmente vai acontecer, mas terá acordado em mais um domingo, um em que Bill não está, e um que transcorre agradavelmente (me pergunto se a palavra *pleasant* é usada com ironia, com o desprezo que quem busca experiências intensas sente em relação ao que é meramente agradável) com outras pessoas, e no final do dia, ela terá voltado para a cama, apenas para acordar novamente e descobrir que aquele dia imaginário não havia acontecido, que era tudo um sonho nas brumas mentais do acordar e não só isso, mas também que Bill estará prestes a entrar em sua casa para que esse dia não seja apenas um dia agradável, mas um dia intenso dedicado ao romance. Uma confusão, tudo bem se você se perdeu.

Portanto, o que parece acontecer nesta carta é que Bill, que sabe que a encontrará naquela manhã, pede a Meta que ao acordar imagine estar dormindo e que nesse sonho ela acorde novamente para verificar se o que ela sonhou enquanto imaginava que estava sonhando não era verdade. É um pedido um tanto complicado, e imagino que isso deva fazer parte de um jogo muito elaborado que vem acontecendo há muito tempo e que tem muito a ver com as cartas que ambos trocam incessantemente — *muitas cartas que não fariam sentido para ninguém, exceto para nós*. Suponho que sejam cartas que celebrem o momento do encontro, que brinquem de antecipar o momento do despertar na manhã do encontro, que preparem os dois amantes para tal, que multipliquem e ampliem a experiência do encontro ao acrescentar um plano narrativo em que os amantes imaginam e experimentam esse encontro de muitas maneiras simultâneas e diferentes do que realmente vai acontecer, e quando esse encontro está para acontecer eles chegam a brincar de imaginar que não acontece, para depois afirmá-lo com mais ênfase.

Pode-se imaginar um fluxo constante de cartas e notas breves — muitas das quais devem ter se perdido para sempre — que terão alimentado esse tipo de exercício de imaginação que Bill propõe a Meta para que ela, acordando sozinha em seu apartamento de secretária solteira em Los Angeles, mergulhe em um espaço fictício que ambos construíram acima de suas respectivas solidões, e onde ambos continuam vivendo juntos experiências, reais ou imaginárias. É assim que eles passam o dia todo conectados, mas ao contrário dos amantes de hoje, que vivem sua conexão constante por meio de aplicativos de mensagens, eles permanecem unidos pela imaginação, pela capacidade de ver a si mesmos de fora, como personagens dentro de uma narrativa que elaboram na ausência do outro e que depois gostam de contar um ao outro, completando-a.

É uma carta confusa, talvez eu não a tenha entendido muito bem e esteja inventando tanto seu significado quanto a situação que ela descreve, mas ainda assim me fez pensar em nós, a comparação é inevitável. E, sim, eu sei que é absurdo comparar o entusiasmo brincalhão de um caso extraconjugal em seu começo com a rotina de nosso relacionamento de dezessete anos de casados. Mesmo assim, a carta me faz pensar em quais jogos de imaginação nos restam e, mais exatamente, quais jogos compartilhamos para ajudar um ao outro a escapar das nossas solidões, em quais histórias que contamos um ao outro nos imaginamos juntos.

Eu não sei você, mas eu diria que não temos mais jogos, diria que também não nos deitamos nem nos levantamos criando histórias em que ambos fazemos alguma coisa, histórias que se completam quando eu as conto para você e você as imagina e as leva com você na cabeça e as devolve horas depois com novos detalhes, histórias em que você me diz para onde vamos e eu te digo em que meio de transporte, porque para você é mais importante o lugar onde dormimos e para mim é o veículo em que viajamos, e você imagina como são os lençóis, eu a música que tocamos no carro, e você escolhe o mês do ano, e eu escolho o clima, e você me diz como será a vista do quarto do hotel, e eu o que você vai usar por baixo da roupa, e você me diz a que horas vamos sair da cama, e eu te digo como vai ser o café da manhã, e você me diz como vamos nos vestir para sair para passear sem rumo, sem mapa, com o celular esquecido no hotel, para nos perdermos aleatoriamente pela parte feia da cidade, pela pitoresca ou pela indefinida, porque todas serão igualmente celebradas, a feia, a pitoresca e a indefinida, e então eu digo onde vamos finalmente parar para tomar uma bebida e você escolhe qual será essa bebida e assim continuaremos construindo uma história que seguirá crescendo em nossa imaginação com vida própria, com inércia, deslocando outros pensamentos, ocupando um grande espaço na mente, acendendo-se em nossas fantasias quando estejamos sozinhos em um trem, em um avião, em uma reunião de trabalho, na academia, na sala de espera do dentista, enquanto voltamos para casa à noite, até chegarmos novamente à nossa cama, onde poderemos compartilhar os desenvolvimentos dessa história que necessariamente terá se bifurcado nas curvas da nossa imaginação operando na solidão e, uma vez juntos no final do dia, poderemos unificar a narrativa novamente.

    A carta me lembrou que nós também compartilhávamos uma narrativa versátil, aberta e torrencial, que se alimentava do fluxo das nossas imaginações e na qual flutuavam todas as possibilidades do que faríamos, do que seríamos, do que teria sido de nós se não tivéssemos nos conhecido, os lugares que visitaríamos, nela mergulharíamos para fazer milhares de simulações de coisas que acabaram acontecendo na vida que compartilhamos e muitas outras que foram apenas boas fantasias para nos refugiarmos em um momento vazio. Mas essa narrativa murchou há muito tempo, há muitos anos não imaginamos juntos. Tantos que até esqueci que houve um tempo em que imaginávamos juntos, quando eu estava sozinho num avião, num hotel, na sala de espera de um dentista, fugia com você de qualquer solidão por aquela torrente que juntava e misturava nossas histórias, e me transportava para um lugar onde nós dois estávamos fazendo algo que nunca tínhamos feito antes. Lembra de como nos divertíamos imaginando que sua tia Clara e o marido doente dela podiam nos ver nos momentos mais lamentáveis da nossa intimidade — nunca definimos se era por câmeras escondidas, por espelho mágico ou por bola de cristal, e, de qualquer forma, o fato de eles estarem minimamente interessados em nós era muito mais inexplicável do que o método pelo qual eles nos espiavam. Voltávamos a essa fantasia em muitos sábados e domingos de ressaca, quando tomávamos café da manhã mais tarde sem tomar banho, em roupa íntima, e comíamos sem louça nem talheres, direto de latas ou embalagens, abríamos duas longnecks e nos atirávamos alegremente numa espiral de delírios de baixaria, sempre imaginando o que sua tia Clara e seu esposo doente diriam de nós e de nossa naturalidade despreocupada: você tinha certeza de que produzíamos neles uma repugnância insuportável, daquele tipo que faz a pessoa tapar os olhos e gritar por favor, chega; eu, porém, acreditava vaidosamente que causávamos inveja, que eles também queriam arrotar alto, passar a manhã de ressaca, desabando por todos os cantos da casa, de roupa íntima usada e marinada nas últimas vinte e quatro horas em pistas de dança, cadeiras de bar e assentos de metrô, comendo sobras da geladeira não aquecidas e, enquanto dizia isso, pegava um tupperware e o mostrava todo valentão para aquele buraquinho imaginário por onde sua tia e seu marido doente nos espiavam, agarrava com as mãos uma crosta de queijo frio na qual haviam ficado presos vários espaguetes e a engolia quase sem mastigar. De jeito nenhum!, você gritava (e agora você vai dizer que não fala assim, mas vamos nos concentrar no conteúdo), você está muito enganado se pensa que eles iriam gostar de ser tão baixos quanto nós, você só está procurando o consolo autocomplacente de acreditar que pelo menos você está livre na sua miséria, que não está usando um espartilho insuportável como eles, que há felicidade em lamber os dedos que meteu na lata de mexilhões, mas você está errado, eles nos veem por alguns minutos com uma certa mistura de asco e compaixão por mim — de você eles só têm asco — e então abrem uma lata de caviar e esperam que um ministro venha jantar e lhes conte boas fofocas, muito mais suculentas do que as bobagens insignificantes que você pode contar no bar ao seu amigo Toni sobre seus problemas com seu chefe. Aí eu dobrava a aposta, gritava chega de falar!, puxava sua calcinha para baixo e mordia seus pelos pubianos e os puxava até doer um pouco, você me batia na cabeça com a mão aberta e morria de rir enquanto me machucava pra valer e eu garantia que seus tios estavam nos invejando naquele momento, agora eles estão mesmo. Esses jogos eram divertidos. Em que momento paramos de jogá-los? Percebo agora que aquela fantasia do espectador que nos olha com inveja do outro lado, por um buraco imaginário, finalmente se tornou real, mas esse espectador não é a sua tia Clara nem o marido doente dela, sou eu, e já que estou te mostrando isso nesta carta, é você também, somos nós anos depois. Tem aquele outro jogo que a gente jogou tantas vezes na cama, no carro, num restaurante, no qual eu não tinha ido ao aniversário da Natalia, então não tinha te conhecido e acabava me casando — me juntando — com Julia, continuávamos saindo todas as noites até o amanhecer, filhos nem pensar, e éramos demitidos do jornal, acabávamos viciados em cocaína, formávamos uma breve dupla de cantores e compositores, argumentando que, no fundo, sair do jornalismo tinha sido uma benção, tocávamos em bares do interior e no final, fartos dos shows, desistíamos de tudo para abrir um bar de drinques em Malasaña onde eu tocava as mesmas músicas todos os dias e ela pendurava seus quadros horrorosos. Por outro lado, você voltava para Javier e se casava com ele, convidavam quinhentas pessoas, tocavam o hino espanhol na missa, depois você mal o via porque ele trabalhava vinte e cinco horas por dia, mas pagava seu sonho/capricho de montar uma editora literária, daquelas que nunca dão dinheiro, daquelas que imprimem em papel bom e finalmente trazem aquele desconhecido poeta cazaque ao público espanhol, anos depois vocês construíam uma casa em Sotogrande próxima de um campo de golfe para descansar de suas vidas com as mesmas pessoas que os faziam se cansar de suas vidas e pelo menos vocês tinham espaço, distância e amantes para poder aturar um ao outro, ao contrário de nós, que passávamos a noite toda juntos atrás do mesmo bar, e o dia todo em um apartamento de trinta metros quadrados e não éramos desejados por ninguém, pelo contrário, sentiam pena de nós. Eu protestava: minha vida com Julia não teria sido assim. Você protestava, a minha com Javier também não. Eu insistia, não podia ter sido de outra forma, você me dizia a mesma coisa. Ríamos, ficávamos com raiva, ríamos de novo, eu interpretava Javier e elogiava como eram lindas as cortinas que você tinha escolhido para a casa de Sotogrande, você interpretava Julia e me dizia que tinha nos inscrito para tocar em um festival pró-descolonização do Saara Ocidental em um bar em Caños de Meca. Não tínhamos certeza sobre qual das duas derrotas era maior, se a sua ou a minha. A minha era bem clara, a sua não tão óbvia, mas apesar de tudo eu sabia te encurralar até fazer você ver que nesse inferno-de-não-termos-nos-conhecido o seu castigo não era melhor que o meu.

Não nos restam mais jogos, mas nos deitamos e acordamos na mesma cama, fazemos sexo pelo menos uma vez por semana porque é isso que podemos fazer, nossas transas são sempre iguais, variações dos mesmos elementos, o mesmo repertório de posições, a quota mínima de sexo oral para não nos sentirmos pudicos, e fazemos isso da mesma forma mecânica como negociamos todos os anos três ou quatro escapadelas que aspiram ao romantismo, até nos inscrevemos em um curso de salsa para dançar nos esfregando (ao qual faltamos metade das vezes, diga-se de passagem), mas não alimentamos mais essa narrativa compartilhada, não saímos para navegar em suas águas quando estamos sozinhos, não pescamos nada novo nelas, porque essas águas secaram. São outras histórias que conto a mim mesmo na minha solidão, não se misturam mais com as que você deve contar a si mesma. E essas outras histórias me levam a outros lugares, com outras pessoas, imaginárias ou reais, e devo te dizer que tenho medo de que um dia o manancial da minha fantasia acabe se encontrando com o manancial de outra fantasia, e que juntas elas se tornem um rio, porque os rios sempre procuram outros rios e juntos se tornam poderosos, movem pedras, cavam desfiladeiros e finalmente chegam ao mar.

Em pouco tempo entrarei pela porta de casa e não sou capaz de imaginar nada, nem de pedir que você imagine nada, como o amante pede à amada nesta carta. Você também não deve conseguir imaginar nada. Chegarei cedo num sábado de manhã e ninguém virá me buscar, pegarei um táxi para casa e só

Tico vai me esperar na porta, correrá em volta de mim abanando o rabo, feliz de me ver como fica toda vez que me ausento mesmo que por algumas horas, você terá providenciado alguém para levar Carlos a seu jogo de futebol para poder ficar na cama, o café da manhã não terá sido servido, Carmen sairá para me dar um abraço assim que ela ouvir Tico pular e escutar meus passos pelo corredor e correrá na minha direção gritando Papai! O que você trouxe pra mim? Você não vai sair da cama, mas estará acordada fingindo que está dormindo para que ninguém exija que você faça o café da manhã, ou estará lendo o jornal no celular, Sergio não vai acordar até que o tiremos da cama e não ficará surpreso em me ver de volta porque não sabe nem se importa com quando vou embora ou quando volto se não for para eu levá-lo para comprar algo que você se recusou a comprar para ele. É assim que imagino que será a minha volta para casa.

Gostaria que, como naquela carta de Bill para Meta, brincássemos de imaginar que pode acontecer outra coisa diferente da que realmente sabemos que vai acontecer quando eu pousar em Madri no sábado de manhã. Mas não me vejo te pedindo isso, acho ridículo, parece uma manchete da seção de conselhos para casais de uma revista feminina. Dicas para reacender a paixão em seu casamento. Técnicas de encenação para apimentar seu relacionamento. Aprenda a compartilhar suas fantasias com seu parceiro. E a verdade é que não é assim, não se trata de fazer com que uma transa seja mais gostosa porque você vai imaginar que eu sou bombeiro ou eu vou imaginar que você é uma policial ou algo do tipo, não basta imaginar que somos outros, precisamos imaginar a nós mesmos juntos.

Não pense que tenho certeza do que quero te dizer com tudo isso, a verdade é que só sei que li aquela carta e, apesar de não entender bem o que ela diz, algo nela faz com que eu me sinta muito longe de você, e profundamente sozinho, e isso me trouxe a angústia de voltar para casa, e de continuar sozinho e distante, apesar da transa semanal, do boquete solidário, da aula de dança, da nossa noite de cinema, da escapada em julho para a Escócia, de todas as rotinas que estabelecemos para sentir que ainda somos um casal. Eu me entedio. Você me entedia. Nós nos entediamos. Provavelmente é só isso, tédio. Monotonia. Nem mais nem menos do que a maioria dos casais que conhecemos. Posso ouvir meu pai me dizendo em uma tarde chuvosa de domingo em Santander, ele tentando tirar uma soneca e eu o sacudindo para que resolva o meu tédio: pai, estou entediado, o que eu faço, o que eu posso fazer, e ele, que está meio bêbado depois do almoço, acaba me afastando a tapas como se estivesse espantando um mosquito e grita que eu preciso aprender a ficar entediado, que na vida eu vou me entediar muito, que é melhor eu começar a aprender isso agora, que é mais importante que a tabuada e que, se eu o acordar da sesta para dizer que estou entediado, ele vai me dar um merecido tabefe.

 Achava que já tinha aprendido a me entediar com uma dignidade estoica, com aquele orgulho que temos de pensar que já nos tornamos sábios e somos capazes de sobreviver àquela ansiedade que se acumula no peito na tarde de domingo ao contemplarmos mais uma semana que passou e outra que está vindo na nossa direção com mais do mesmo. Já sei viver, pensava, já tenho os hobbies e as rotinas que me permitem reduzir o mundo inteiro ao aqui e agora, aquelas que fazem desaparecer tudo o que não está nas minhas mãos (a farsa que alguns descaradamente chamam de *o poder do agora* ou descrevem como um momento zen) e então chega a tarde de domingo, com seu tédio insuportável e eu, completamente sozinho diante daquele tédio, desmonto o carburador de uma motocicleta, coloco o último vinil que comprei e cozinho um coelho em um caldo para preparar um escabeche, engarrafá-lo com uma etiqueta e pensar para quem posso dar e que ainda não esteja cansado dos meus escabeches, depois lavo as mãos, faço o jantar para vocês, brinco de guerra de cócegas na Carmen, levo Tico para fazer xixi e marcar território, deito ao seu lado com um livro ou uma revista, assim como você está deitada ao meu lado com um livro ou uma revista, e não imaginamos mais nada juntos, quase sempre esquecemos o beijo de boa noite, mas terminamos o dia lendo, porque não deixamos nenhum tipo de tela entrar em nenhum quarto desta casa, celulares e tablets são confiscados no baú vermelho do corredor, a sete chaves, junto com os aparelhos das crianças, continuamos usando velhos despertadores, que programamos no domingo à noite como se fosse um ato de resistência cultural contra uma população embrutecida pelos abusos dos dispositivos móveis, e assim termino o dia, pensando que conseguimos evitar mais uma vez o ataque do tédio dominical, que já sabemos vencer as tardes de domingo. Mas então um dia eu pego um avião, chego a Austin, e muito casualmente me deparo com essas cartas e percebo que todos aqueles hobbies e rotinas (todos exceto as guerras de cócegas com Carmen todas as noites, que me dão vida) não são mais do que os véus que coloco na frente para esconder a degradação da terra onde pastamos, desse jardim que agora é um deserto. Esta correspondência me sugere que é preciso manter os véus e biombos, porque ao reler descaradamente as fotos que tirei de todas as cartas de Bill a Meta, e vejo o passar dos anos através delas, verifico que Bill não conseguiu escapar do tédio do casamento nem com uma amante, nem com todos os recursos de sua imaginação, a fuga durou muito pouco, talvez três ou quatro anos, depois acaba escrevendo a mesma carta desmemoriada várias vezes, *the thrill is gone*, o truque logo para de funcionar, e quando Bill percebe isso começa a sentir nostalgia dos primórdios, e depois dessa nostalgia, que é a última forma de amar e que também acaba se consumindo, o tédio do qual se tentava fugir volta e o pior é ficar preso em uma vida dupla em que nenhuma das duas vidas é uma fuga da outra: é o tédio duplicado, o tédio do casamento alternado com o tédio de uma aventura.

Eu me pergunto se o tédio é o que nos espera, se só podemos nos resignar e aceitar isso como Bill faz no final, desistindo do esforço de encontrar um álibi para ir ver Meta, abandonando a escrita e entregando-se, por fim, à caça e à criação de cavalos, me pergunto se de uma forma libertadora. *I have retired from literature, and don't have any California contacts anymore to get me out there*. Talvez o caminho mais sensato seja me dedicar a pintar minhas motos e trocar suas peças, parar de escrever trivialidades para jornais e revistas, colecionar vinis até acabar com sua herança, encher a despensa de potes de molhos e escabeches caseiros e investir em conversas com os velhos amigos nos mesmos bares. Poder dizer um dia, como Bill nesta carta tão tranquila de 1960, que é a última de toda esta correspondência, *my life is mostly horses now* (Minha vida agora é basicamente cavalos).

Mrs. Meta Rebner
Statler-Hilton Hotel
Hartford, Connecticut

AIR MAIL

                                    Friday

Dear Meta:

         Am still here, busy now schooling my horses
for a horse show first week in August. I cant come up
East this week.

         I got the pictures, thank you, dont have any
of myself, haven't been photographed in several years.
But I will get hold of somebody with a camera and have
some made for you.

         I have retired from literature, and dont have
any California contacts anymore to get me out there.
Maybe I can cook up one somehow. My life is mostly horses
now. I belong to two hunts in Virhinia, am there near
Charlottesville from November to New Year's, here in
Miss. for bird shooting January, Feb. 15th, then in
Va. again to finish fox hunting season. Have broken two
ribs and one collar bone so far, but nothing shows with
my shirt on.

         I have lost your Cal. address. Please send me
again. I dont remember where I filed it away.

         Love to Sally and John.

                                    Bill

Querida Meta,

Ainda estou aqui, ocupado agora treinando meus cavalos para uma apresentação equestre na primeira semana de agosto. Não posso viajar para a costa leste na semana que vem.

Recebi as fotos, obrigado, não tenho nenhuma minha, não tiro foto há muitos anos. Mas vou encontrar alguém que tenha uma câmera e tirar algumas para você.

Me aposentei da literatura e não tenho mais nenhum conhecido na Califórnia que possa me convidar para ir aí. Talvez eu encontre uma maneira de inventar algum. Minha vida agora é basicamente cavalos. Faço parte de dois grupos de caça na Virgínia, estou perto de Charlottesville de novembro até o final do ano, aqui no Mississippi para a caça de pássaros de janeiro a 15 de fevereiro, depois de volta à Virgínia para a temporada de caça de raposas. Já quebrei duas costelas e uma vértebra, mas não dá para ver quando estou de camisa.

Perdi seu endereço na Califórnia. Por favor, envie-me outra vez. Não me lembro onde o guardei.

Lembranças a Sally e John.

Bill

Com que imprudência abri esta caixa de cartas que não sei se teria preferido ignorar. Insisto, só estava pensando em ficar nela pelo tempo que levaria para tirar uma foto e criar o equivalente a um cartão-postal que mostra uma paisagem curiosa e diz *olá, me lembrei de você aqui*. Eu só queria provocar em você uma emoção parecida com a que dei à sua avó com aquela garrafinha que eu trouxe de Israel para ela com água do Jordão, rio no qual eu não enfiaria um pé e que para ela significava estar muito perto de Deus. Os gregos já alertavam para o perigo de abrir caixas cujo conteúdo desconhecemos, e nós tornamos a abertura de correspondência alheia um crime particularmente repugnante. Claramente fui punido por minha imprudência, e a pena imposta foi entender agora, dezessete anos depois, do que se tratava aquele romance que você me deu antes de começarmos a namorar, quando ainda tentávamos impressionar um ao outro, mostrando nossa melhor versão, colocando em nossas respectivas casas objetos de alto grau sentimental. Eu te dava CDs com minhas músicas preferidas e você, que lia muito naquela época, falava de *Palmeiras salvagens* como se fosse a sua crença, e eu não entendia nada do que você queria me dizer com aquilo que o livro dizia, mas ficava aliviado ao saber que mesmo que eu não tivesse entendido nada, mesmo que eu não tivesse gostado muito daquela leitura, você ainda estava disposta a passar as noites no meu apartamento, para falar de coisas profundas, transar feito animais e acordar abraçada em mim todos os dias, e naquele momento minha vaidade era tomada pela ideia de estar namorando uma gostosa que se emocionava com romances inteligentes que eu não conseguia acabar de ler. Agora que li essas cartas, acho que nunca entendemos nada daquela história cuja frase final você queria tatuar — embora talvez eu esteja errado e naquela época você entendia e agora já esqueceu. Posso dizer que finalmente entendi o que é o nada e o que é a dor quando seu amigo Bill proclama que *entre o nada e a dor, fico com a dor*. Acho que você e eu já estamos tão perto do nada que dificilmente sentiríamos dor se nos perdêssemos. O que realmente resta entre nós, além de uma série de rotinas com as quais automatizamos nosso casamento? Para escolher entre o nada e a dor, você precisa perder algo, e temo que, sem perceber, já tenhamos feito nossa escolha.

Vou te explicar, mesmo correndo o risco de ser acusado de *mansplaining*. Era tudo um clichê, é a história que nos contaram mil vezes nas novelas, nas músicas, no poema mais cafona, é um clichê inevitável, estamos falando do desgaste, que é o que te faz acordar um dia e ver que não sobrou absolutamente mais nada. Você não precisa ler *Palmeiras selvagens* para isso, é muito complicado, você corre o risco de não saber do que se trata o livro, como aconteceu conosco, o próprio Bill em sua carta mais triste prefere ter certeza de que Meta o entenda, depois de um longo período de silêncio: ele lhe explica com simplicidade, em um par de frases, e assim lhe poupa da compreensão incerta desse romance que você me fez ler sem ter entendido e que eu também não entendi. Esta carta é a que mais vai te surpreender, deveriam colocá-la como epílogo do romance, para quem, como nós, não o entendeu:

```
                    Friday.
Are you still there? I have two books for you,
when I know where to send them.

They had what they call the 'world premiere' of
MGM's INtruder in the Dust here this week. I
thought it was a very fine job; wished I had
been Clarencee Brown, who made it.

I dream of you quite often. At first I thought
too often, dreaded sleep sometimes, or waking.
But now it is not so grievesome. I mean, no less
grievesome, but I know now grief is the inevi-
table part of it, the thing which makes it cohere;
that grief is the only thing you are capable of
sustaining, keeping; that what is valuable is    shabbily,
 what you have lost, since then you never had the
chance to wear out and so lose it, Darby and Joan
to the contrary. And, as a character of mine said,
who had lost hi s heart his love by death: 'Be-
tween grief and nothing, I will take grief.' I
know that's true now, even though for a while
after September in 1942 and again after July
in 1943, I believed different.

Give my best to Sally and John. I'll send the
books when I know where.


                              Bill
```

Perceba que para o cara não basta dizer *wear out*, após ler a carta, ele precisa acrescentar à mão depois a palavra *shabbily*, para insistir, sem medo de ser redundante, na ideia do desgaste.

shabby
adjective, shab·bi·er, shab·bi·est.
1. impaired by wear, use, etc.; worn: shabby clothes.
2. showing conspicuous signs of wear or neglect: The rooms on the upper floors of the mansion had a rather shabby appearance, as if they had not been much in use of late.
3. wearing worn clothes or having a slovenly or unkempt appearance: a shabby person.

A música popular, que saltita alegremente sem corar na pocilga dos clichês, muitas vezes fala da mesma coisa, de modo tão explícito e óbvio que não se apreende a mensagem, por mais que ela tenha sido memorizada e bradada. Rocío Jurado se expressa como Faulkner, teria gostado quando canta que *se nos rompió el amor de tanto usarlo*, e Neil Young é o autor do lema do rock familiar à moral de *Palmeiras selvagens*: *it's better to burn out than to fade away*. (É melhor se consumir que desvanecer.) Você já me ouviu cantar mil vezes, sabe qual é, você faz uma cara de mais-uma-vez-meu-marido-bêbado-repetindo-as-mesmas-gracinhas toda vez que eu a toco no final de uma noite. É de um álbum dele que se chama *Rust Never Sleeps*. A ferrugem nunca dorme. O cara pegou emprestada a ideia de um anúncio, era o slogan da Rust-Oleum, uma fabricante de produtos químicos para proteger carros, barcos, todo tipo de veículo metálico contra a voracidade dessa incansável e obstinada ferrugem. Na garagem você verá que tenho dezenas de aerossóis e lubrificantes dessa marca, eles têm até tintas para escapamentos que suportam temperaturas infernais. Seria bom ter descoberto a tempo o emplastro que deveríamos ter adicionado à nossa história para evitar que ela enferrujasse.

A verdade é que com carinho motos carcomidas também se recuperam, lembra dos anos que passei restaurando a Sanglas, levou um ano inteiro para fazê-la arrancar e olha como está agora. Que bela metáfora para se enganar, não? A solução parece fácil quando a conto como se fosse um trabalho artesanal de chapeamento e pintura, esse processo de restauração que faz o milagre de transformar algo velho e manchado em um lustroso objeto de desejo *vintage*. O fato é que é fácil consertar uma velha motocicleta carcomida ou danificada, já que o que está quebrado ou enferrujado é evidente ao olhar, ao tato e ao ouvido, basta investir tempo e esforço para fazê-la arrancar de novo. A nossa história também poderia ser um veículo velho danificado, mas não importa quanto esforço eu ponha nela, não tenho certeza de onde está o motor, de que peças é feita, como posso desmontá-la ou como remontá-la para fazê-la arrancar de novo. E se milagrosamente arrancasse, também não sei se saberíamos para onde ir. Não sei nem se esse hobby de mecânica caseira pode me oferecer algum suporte metafórico para poder entender o problema (se é que pode ser entendido) ou encontrar sua solução (se é que há alguma). Desconfio que minha falta de capacidade de diagnosticar com precisão o que está nos acontecendo se deva ao fato de que não acontece nada a nós dois juntos — uma coisa acontece comigo e outra com você: não sei se você compartilha da minha percepção de que temos um problema ou se, pelo contrário, sente que esse mal-estar muito tênue e vago que chamo de tédio é um desvio previsível de qualquer relacionamento e você se propôs a suportá-lo com a mesma resignação com que se aceita a vista cansada ou um zumbido no ouvido depois dos quarenta.

 O que ficou completamente evidente para mim ao abrir esta correspondência é que nossa história se tornou uma doença crônica e degenerativa, e que não ouso voltar àquelas tardes de domingo com você sem propor uma terapia experimental — embora mais ineficaz do que o umidificador que você coloca perto das crianças para que magicamente parem de tossir.

É também nesta correspondência, que esclarece tudo o que eu não sabia que me faltava e tudo o que acabarei achando insuportável, que penso ter encontrado a pista para um possível remédio. Está nesta carta que copio aqui, e que é a minha preferida de todas elas, que são umas quantas e que vou te mostrar quando chegar em casa. Mais do que uma carta, é um *storyboard* que relembra em quadrinhos o que parece ter sido um bom dia fazendo coisas juntos, desde o amanhecer na cama até a hora de dormir. Apesar de esse congresso ter sido um saco, sinto que a viagem a Austin valeu a pena apenas para segurar esta carta em minhas mãos e observá-la atentamente.

Sunday night.

Since you have just waked up, this won't be good night but good morning. And here's the funny paper all ready for you.

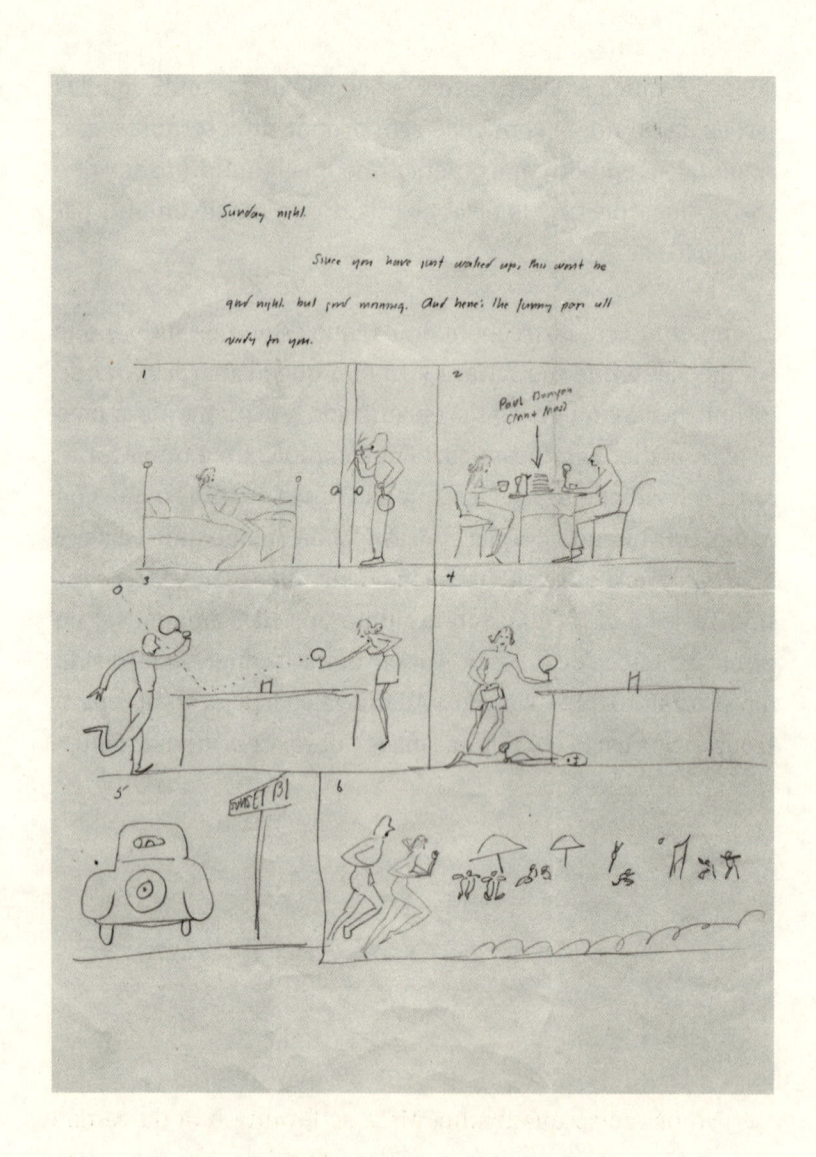

No primeiro quadrinho, Meta se levanta nua da cama e coloca uma meia em sua perna longuíssima. Do outro lado da porta do quarto, Faulkner bate à porta ansioso com uma das mãos e com a outra segura uma raquete de pingue-pongue. Ele se autorretrata com nada mais do que um bigode e um cachimbo.

Segue um segundo quadrinho onde os dois tomam café da manhã um de frente para o outro e sobre a mesa está o que parece ser uma torre exagerada de panquecas empilhadas em um prato.

Depois vêm dois quadrinhos de uma violenta partida de pingue-pongue em que, aparentemente, Faulkner acaba debaixo da mesa, atirado ao chão, exausto, derrotado. Meta está de pé, destemida, vencedora.

Em seguida, um carro com superfícies muito curvas com um pneu sobressalente no porta-malas passa por uma placa que diz SUNSET BLV. Pela pequena janela traseira, com bordas arredondadas, percebe-se um detalhe que demora a ser decifrado: há dois círculos, são as cabeças de ambos, a cabeça de Meta apoiada na de Bill. É um passeio de carro.

No quadrinho seguinte, os dois estão correndo na praia, ao fundo podem ser vistos bonecos de palitinho, alguns são pessoas sentadas sob guarda-sóis, outros são rabiscos que representam atletas prestes a pular, há uma rede, eles estão jogando vôlei.

Então Meta e Bill tomam sol deitados de bruços, com os braços abertos em cruz, dividem uma toalha enorme, acima deles há um grande sol que começa a se pôr.

Ela pinta os lábios no quadrinho seguinte, é um close de perfil, do ponto de vista de Bill, que se fixa bem naquele momento. Os lábios estão no centro da imagem, ele os desenha pressionando o lápis com força contra o papel até obter a linha mais escura, esses lábios são apenas um borrão, mas há um brilho escuro concentrado neles e imagino Faulkner pressionando quase até quebrar a ponta para que naquela mancha apareçam com vida própria os lábios de Meta que ele tanto quer beijar de novo.

No quadrinho seguinte, os dois brincam olhando o céu do entardecer, sobre a mesma toalha, o sol já meio afundado no horizonte do mar.

Depois eles se reúnem com um casal de amigos, e os quatro bebem canecas de cerveja sentados em torno de uma mesa quadrada em um bar.

No último quadrinho não há mais ninguém, é o único em que não há pessoas. Mostra as roupas de Meta e Bill penduradas em cadeiras, meias, casacos, roupa íntima, uma placa de DO NOT DISTURB pendurada na porta do que parece ser um quarto de hotel, abaixo diz *Good Night*.

Se você olhar bem, nada de excepcional aconteceu, nada parece muito planejado, é tudo uma sucessão de prazeres gratuitos como tomar banho de sol, tão pouco exigentes quanto o pingue-pongue, ou tão baratos quanto uma cerveja. Ainda assim, acho que esta carta mostra de forma bastante reveladora a verdadeira anatomia do acidente raro que é um dia perfeito: um homem e uma mulher que, desde a hora que acordam, se procuram para fazer coisas juntos e desfrutar da companhia um do outro até a hora de dormir. Parece fácil.

Há algo nesse *storyboard* que me leva de volta aos dias casualmente memoráveis que passamos juntos, os dias com os quais eu gostaria que nossa vida se parecesse. Entre eles, certamente estaria um dia para se perder andando pela cidade, um dia de comilança sem jamais sair de nossa cozinha, outro dia para ficar pelados enrolando na cama até tarde, um dia planejando viagens que nunca faremos e projetando casas que nunca teremos, um dia construindo, lixando, pintando ou colocando papel de parede, jogando coisas fora, trocando móveis de lugar, um dia bêbados trancados em um hotel, um dia nos fantasiando de outras pessoas. Todos eles são dias que agora, quando os analiso, foram improvisados sobre motivos e melodias muito básicas que nós dois conhecíamos bem — um passeio sem rumo, uma refeição com muito antes e depois, a construção do inalcançável, uma visita a paraísos artificiais — e que nos permitiam inventar solos de maneira fluida, simultânea, por turnos, sem borrar a música, e pousar novamente no refrão em uníssono, construir a ponte da música e retomar juntos a melodia para carregá-la até a hora de dormir. É preciso identificar esses dias perfeitos e transformá-los em arquétipos que funcionem como os *standards* do jazz, dias queridos dos quais extraímos a melodia para poder usá-la como base, como modelo, para tocar novamente em dupla e improvisar juntos em outro momento. Dias que não precisamos explicar ou lembrar um ao outro, que façam parte de um repertório inoxidável, que não admita desgaste, como os *standards* do jazz que nunca se desgastam, que podem ser tocados mil vezes, sendo sempre diferentes e sem deixar de ser eles mesmos.

Olho para esses dias, esses que acredito terem potencial para se tornar *standards*, e percebo que não mencionei um único plano com crianças. A verdade é que não busco a realização como casal em um momento de comunhão familiar, nada me assusta mais do que quando ouço sua irmã falar com Emilio na frente dos filhos chamando-o de pai, dizendo caramba em vez de caralho. Felipe também faz isso, chama Andrea de mãe na frente da filha, e não tem mais uma foto em casa nem na tela do celular em que os três não apareçam juntos, pensa as férias em função dos parques de diversões que pode visitar com a menina, faz os cardápios da semana levando em consideração o que a filha gosta e o que ela não gosta. Já estou realizado como pai, faço cócegas em Carmen todas as noites, assisto a corridas de moto com Carlos e ouço discos com Sergio, não vou procurar o que une você e eu no fato de sermos pais dos mesmos filhos, nessa farsa do "projeto em comum do casal", você já sabe o que acontece quando o pai substitui o cônjuge, acontece que no dia em que os filhos saem de casa você não fica com nada além de um estranho miserável com quem cruza pelo corredor de sua casa vazia, e embora possa não parecer, falta pouco para chegarmos a isso.

Em todo esse tempo esquecemos como fazer um dia perfeito juntos, somos incapazes de entrar em combustão espontaneamente com aquela velha melodia sobre improvisar como um dueto, saímos da música o tempo todo, tocamos sem nos ouvir, a intensidade logo se perde e tudo parece previsível e recitado em voz baixa como as velhas recitam na missa. Não precisamos ir longe, o exemplo perfeito foi a escapada a Palermo no mês passado. Permita-me pintá-lo para você em detalhes, parando nessas pequenas distrações, gestos e interferências que acabam transformando um dia que queríamos que fosse perfeito em uma pequena decepção. Não estou querendo jogar nada disso na sua cara, certamente você poderia completar esta análise trazendo detalhes semelhantes com os quais eu irritei você inconscientemente (ou não), mas suspeito que isso não mudaria muito a análise.

 O dia começou a descambar por conta da rigidez excessiva da sua programação: você insistiu em ir ao restaurante recomendado por Stefano, um rato de academia que não gosta de comer e por isso confunde comer bem com gastar muito dinheiro, e que além disso é de Milão, está em Madri há dezessete anos e é tão turista na Sicília quanto nós, e ainda é o tipo de pessoa que prefere a morte a confessar que não faz ideia quando você pergunta a ele alguma coisa que ele não sabe, não suporta não ter pelo menos trinta recomendações, mas você aceita que ele faça a reserva para nós como se estivesse nos fazendo um favor, como se você não pudesse reservar em inglês, ou pela internet, ele só faz isso para puxar o seu saco porque você é chefe dele, e ainda por cima é uma merda, porque vamos lá e a massa está morna, e você se irrita que as coisas custem mais do que você acha que valem, aí você passa a refeição inteira brava dizendo que é um golpe e não consegue falar de outra coisa, até que Stefano manda uma mensagem e você responde que está tudo ótimo com sete emojis, e então você se lembra que precisa dizer a ele algo sobre como você quer que ele organize os cafés da manhã para um ciclo de conferências, e você liga para ele, e pensa que não me importo porque ele é gay e isso significa que não há nada entre vocês, mas há, porque estou com você, comendo em Palermo, e você não está comigo. E eu faço o mesmo, pego o telefone e começo a contar ao primeiro que me responder como Palermo é linda, envio uma foto qualquer de uma buganvília enredada em um arbusto de jasmim transbordando por um muro velho, e logo minha irmã me diz que inveja dessa viagem, que ela quer mais fotos, pergunta se vi algum mafioso, e assim também deixo de estar ali. Quando você finalmente percebe que somos uma daquelas mesas de dois em que um não tem nada a dizer ao outro, você sugere com um sorriso que desliguemos os telefones até a ópera, e então é muito pior, porque fica mais evidente do que nunca que realmente não temos nada a dizer um ao outro e, nesse esforço, discutimos se deveríamos continuar insistindo para que Carlos vá ao futebol nos fins de semana ou se o deixamos fazer o que quiser, se colocamos piso aquecido e ativamos os aquecedores, então comentamos sobre o último implante capilar do seu tio e logo ficamos sem nada para dizer, talheres tilintando no prato, olhares para outras mesas, você me diz que a massa não estava tão ruim assim, insiste em como é caro, proclama, já irritada, que não pretende deixar mais que um euro de gorjeta, eu já parei de te ouvir e estou repassando todos os bares por onde passamos no caminho e sobre os quais eu disse por que não vamos aqui, cancele a reserva, e você que não podíamos cancelar cinco minutos antes da refeição, isso era uma canalhice, que tínhamos que ir àquele lugar de merda ao qual Stefano nos mandou sem ter a menor ideia, e é aqui que eu tenho que te dizer que aqueles que realmente acordaram juntos com a vontade de construir seu dia perfeito saem de um restaurante caro e decepcionante com um sorriso, dão um jeito de dar a volta por cima, basta se esforçar, sair correndo sem pagar, chamar o chef para queixar-se, embriagar-se até derrubar o copo três vezes no chão e que te peçam que vá embora, como aquela vez naquele japonês da moda em Londres, onde nos trouxeram um sashimi de barriga de atum intragável e você disse a eles que eu vinha de uma linhagem de pescadores cantábricos, que era dono de uma frota de atuneiros, oceanógrafo, um especialista mundial em anatomia do atum e o *maître* ficou vermelho, e até o chef apareceu para se desculpar, e nos ofereceram mais saquê do que podíamos aguentar, e você vomitou, deixando o copo e parte da parede do banheiro como um Pollock, e saiu de lá cantando rancheiras, com a parte de trás da saia enfiada na calcinha, e eu te avisei e você me disse que tinha enfiado de propósito para chamar a atenção e ver se eles nos expulsavam daquele lugar sem pagar. Esse foi um dia para o repertório de *standards*, se tivéssemos nos inspirado nele, teríamos revertido o jantar em Palermo, mas ficamos olhando para o prato, dizendo que não estava bom, que achávamos caro, que teria sido melhor ir para outro lugar e não era verdade, pois poderíamos ter imaginado mil maneiras de transformar aquela refeição em uma festa, como fizemos com o japonês nojento, que eu não teria trocado por nenhum outro japonês do mundo, nenhum, porque foi um dos nossos mais memoráveis e felizes jantares justamente porque estava tudo tão ruim. É ao espírito daquele dia que deveríamos ter voltado, mas não, você pediu água com gás, recusou a dose de *grappa* oferecida e pegou a calculadora do seu telefone para somar minuciosamente cada item da conta, na esperança de encontrar um erro e confirmar a intenção fraudulenta que você atribuía a eles, mas a solução estava na *grappa* e não na calculadora, eu aceitei o naufrágio daquele dia e não fiz nada para resgatá-lo. E isso foi só um exemplo, não estou dizendo que a solução para tudo é sempre usar o manual de *sexo, drogas e rock'n'roll* e virar uma garrafa de *grappa* como se fosse uma mamadeira.

Já estou um pouco bêbado, então me perdoe se eu começar a falar besteiras, esses exercícios de introspecção/retrospecção/futurologia funcionam melhor observando uma densa nuvem de fumaça de charuto subindo na sua frente como se fosse uma bola de cristal (acabei de ver na Wikipedia que os gregos chamavam isso de capnomancia), e não posso fumar um charuto se não tiver um copo de algo forte para limpar minha boca, e aqui estou em um terraço em Nova York terminando esta carta que passei o dia escrevendo e empilhando bebidas de uma forma perigosa, mas ei, você sabe bem, amor, *in vino veritas*. O próprio Platão bebia até o amanhecer para poder falar sobre o amor como se deve.

Já que agora você deve estar pensando que sempre resolvo tudo com álcool, vou dar outro exemplo perfeitamente sóbrio e sereno, e diferentemente do jantar em Palermo, aqui evoco um dia que começou torto e acabou com a descoberta de uma melodia que eu gostaria de acrescentar ao repertório. Sergio tinha um ano quando o deixamos uma semana de julho com meus pais em Santander, desde que ele tinha nascido era a primeira vez que ficávamos sozinhos por alguns dias. Saímos um pouco antes do almoço, assim que Sergio adormeceu, para não sentirmos sono na estrada. De repente, estávamos só nós dois novamente e tínhamos uma semana pela frente, a primeira semana sozinhos desde que nos tornamos pais. Não via a hora de sair correndo da casa da minha família, lembra como meu pai ficou bravo porque tinha comprado frutos do mar para o aperitivo e nem quisemos provar? Começou a chover torrencialmente pouco antes de entrarmos no carro, e minha mãe dizendo que devíamos esperar o tempo melhorar, que íamos nos matar naquela chuva. Nem banho tomamos para tirar o sal do mergulho matinal. Você estava angustiada, como se estivesse abandonando seu filho na porta de uma igreja. Tivemos que acender os faróis de neblina, escureceu no meio do dia, os limpadores de para-brisa não conseguiam mais reduzir a água que caía sobre nós com tanto estrondo que nem ouvíamos a música do carro, a cada curva você punha as mãos no painel e fechava os olhos como se quisesse deter o choque de um acidente que deixaria seu bebê órfão, não ultrapasse, você me pedia apavorada, mesmo que fosse preciso ir a trinta. Por fim, passamos pelas montanhas e a tempestade ficou para trás. Um mar amarelo de trigo ceifado se abria diante de nós sob um céu azul, com praias de terras ocres, pequenos atóis verdes formados por florestas de pinheiros que escondem riachos secos, povoados com nomes compostos encalhados como navios abandonados, as torres de suas igrejas servindo como faróis, as únicas linhas verticais no horizonte de Tierra de Campos. Queria ir a

Madri sem paradas, ultrapassar caminhões de cinco em cinco, parar o carro em cima da faixa de pedestres se fosse preciso e com os avós e o bebê bem longe, transar com você no portão, no elevador, no corredor, no quarto, lamber o sal marinho do seu corpo, tomar banho com você depois e correr para o cinema para a sessão das oito, comer algo, tomar umas cervejas, sozinhos, finalmente sozinhos! Você começou a sair da sua nuvem de angústia assim que deixamos as montanhas para trás e você viu campos abertos, longas retas, a miragem no asfalto escaldante, comecei a ler em voz alta os nomes compostos das cidades, você se lembrou de que tinham te falado alguma coisa sobre uma igreja muito bonita em Carrión de los Condes, sugeriu que a gente parasse para vê-la, eu disse que queria chegar de uma vez, discutimos, você não entendia o porquê de tanta pressa, eu estava a ponto de dizer que aquele desvio nos custaria a transada que ainda poderíamos dar antes da sessão das oito, que poderia até mesmo nos custar o cinema das oito, e aí só haveria a sessão da noite, e não haveria bebidas e aperitivos depois do cinema porque seria tarde demais, mas também pensei que se eu ganhasse aquela discussão você chegaria a Madri com raiva, e não haveria mais sexo, provavelmente nem cinema, nem cervejas, quase todo o meu plano já estava perdido, só faltava salvar a transa na chegada e renunciar ao resto, só via derrotas no futuro, você me pediu para te ouvir uma vez na vida, que tínhamos que ver aquela igreja, você me garantiu que eu iria gostar, eu aceitei o desafio e disse que já que íamos nos desviar, que nos desviássemos completamente, *let's go deep*, e sugeri que parássemos também para ver a vila romana que havia em Saldaña, que há anos queria ver seus mosaicos e sempre dissemos que um dia pararíamos para vê-los, e no final nunca parávamos lá, porque um homem de Santander sobe a estrada com tanta ansiedade de ver o mar e volta por ela tão farto de anéis de lula, conhecidos e família, com tanta pressa de chegar ao anonimato de Madri, que nunca para em Palencia. Ainda era hora de almoçar, o sol e o termômetro estavam no máximo, e você disse tudo bem, havia tempo para tudo, que diferença faz para nós a hora de chegar, você disse, eu pedi que você pegasse o mapa da estrada no porta-luvas, porque naquela época o GPS ainda era um pouco incerto e era melhor dirigir com mapas, e saímos da rodovia para analisá-lo, parei o carro na beira de uma estrada de terra, o vento soprou uma nuvem de poeira, comecei a ouvir os grilos e então senti uma euforia inesperada: estávamos abrindo um mapa, nós dois enfim, fora do caminho, você tinha dito que o tempo não importava, e de repente era isso mesmo, eu não me importava, felizmente desisti dos meus planos, o tempo já havia perdido sua estrutura. Abri o estojo dos CDs, em busca de um bom disco de estrada, ansioso para escolher um, hesitante, eram tantos que me pareciam bons que comecei a me preocupar, era preciso acertar, o risco de falhar na escolha era fatal, naquele momento era a decisão mais importante das nossas vidas, parei em *Astral Weeks*, não podia ser outro disco, você me disse, tinha que ser *Astral Weeks*, e já estávamos de acordo em relação a isso, esperei a gente sair para apertar o play, a viagem e a música tinham que começar ao mesmo tempo, aumentei o volume até estourar, baixamos as quatro janelas, *if I ventured in the slipstream* você colocou sua mão na minha coxa, *between the viaducts of your dream* eu estendi o braço esquerdo para fora, para sentir a resistência do ar escaldante *to be born again, to be born again*. Coloque essa música agora, enquanto você lê isto, eu a estou ouvindo enquanto escrevo isto. Fecho os olhos, estou naquela estrada, chegando a Saldaña, não me importava mais chegar aos mosaicos da vila romana, ou à igreja de Carrión de los Condes, só queria estar naquela região, sem tempo, com você tocando minha coxa, segurando o ar com a mão, escutando *Astral Weeks*. Passamos por um campo onde havia um monte de fardos empilhados, sugeri parar o carro para subirmos nele, você me olhou com um sorriso e me disse vamos, deixamos o carro em uma estrada de terra, nem fechamos as portas, corremos para aquele monólito efêmero de silhares de palha e o escalamos como se fosse a prova de um concurso televisivo surreal, os fardos não eram moles nem inofensivos como pareciam, nos agarramos aos duros talos de trigo cortados à faca, nos raspamos, sangramos um pouco nos braços e nas pernas, e chegamos ao topo morrendo de rir, comparando nossas feridas, e lá de cima contemplamos a monotonia do campo castelhano, não tínhamos câmeras nos celulares, nem redes sociais onde publicar a nossa façanha, e quando nos cansamos de observar, nos deitamos por um momento nos fardos, como faquires, sob um sol escaldante, juramos nunca esquecer que éramos loucos, que sempre faríamos coisas assim, e então descemos da massa de fardos, entramos no carro, colocamos *Astral Weeks* de novo do começo, chegamos a Saldaña, pulamos o almoço, vimos os mosaicos do povoado, aquelas cenas agitadas, cheias de violência real, de homens e bichos se caçando e se mordendo, num chão tão minuciosamente desenhado em tesselas coloridas, tanto trabalho só para enfeitar o chão que seria pisoteado numa casa no meio de nada, e então saímos ainda em jejum e maravilhados com aquele mundo pagão para ir à igreja que você queria ver, estavam celebrando o fim de uma missa de domingo à tarde, cheia de octogenários, com algum cicloturista alemão tirando fotos, e você disse para comungarmos, que devíamos fazer o tour completo, que sempre deve ir do terreno ao infinito, que com todos aqueles velhos de Carrión e naquela igreja devíamos comer o corpo de Cristo, coisa que eu não fazia desde a minha primeira comunhão, segui você na sua viagem, me sentia bem, capaz de dar sentido a qualquer rito, comunguei, depois me ajoelhei e naquele breve silêncio após a comunhão pedi por muitos mais dias assim. Caminhamos pelo povoado e encontramos um hotel agradável em um mosteiro, lembrei que, se saíssemos muito cedo, ainda poderia chegar ao comitê de segunda-feira a tempo, você estava terminando o doutorado naquela época, não tinha aulas na segunda-feira, aquele dia não fazia muita diferença para você, e ainda não queríamos voltar, pagamos por um quarto duplo, rimos ao ver que a cama tinha um dossel pomposo, assim que fechamos a porta do quarto comecei a ficar ansioso, você me disse que sua menstruação tinha acabado de descer, eu sabia então que não ia ter sexo, e assim que você falou percebi que não me importava e te disse isso, porque tivemos um dia perfeito, e eu me senti tão próximo de você, só queria ficar abraçado com você, e foi assim que adormecemos, foi assim que acordamos.

 Dias como esse poderiam acontecer com a gente, então. Às vezes, inclusive, aconteciam com a gente. Nesses dias nos procurávamos e nos encontrávamos. E de repente esses dias não acontecem mais, por mais planos que a gente faça. Sabemos como eram feitos, quais eram os truques, que música tocar, onde ir, quando, mas não adianta: *the thrill is gone*.

 Pode ser que a chave não estivesse tanto em ter um repertório de dias para a lembrança que quiséssemos repetir de alguma forma, mas em nossa vontade de vivê-los, em um desejo súbito de sair da estrada que fôssemos capazes de compartilhar. A lembrança de como foi um dia perfeito é importante, mas é ainda mais importante estar aberto a tê-lo, a seguir as pistas assim que a possibilidade de um grande dia aparecer. Eu sei que a maior parte dos dias que nos esperam serão revisões de tarefas de casa, cafés da manhã com iogurte e fruta, escola para as crianças, escritório, um pouco de televisão ou um livro que te adormeça antes da meia-noite, mas a porta precisa ficar aberta, não apenas para ter um bom dia, mas para podermos imaginar juntos que o teremos.

Amanhã pegarei o avião de volta, queria ter te enviado esta carta por correio expresso para que chegasse antes de mim, queria que fosse uma carta em papel, um envelope com o seu nome, carimbado aqui em Nova York, com a data de amanhã, envelope que fecho com a minha saliva e que você recebe surpresa, porque não chegam mais cartas, sobretudo do seu marido, e você o rasga e lê, eu queria imprimi-la e fazer anotações na margem, algum desenho, alguma rasura com caneta esferográfica como a de *shabbily* na carta de Faulkner, mas não acho que vá chegar a tempo ou que você esteja em casa quando o carteiro chegar. Vou enviar por e-mail antes de embarcar, depois de enviar vou desligar o telefone e não o ligarei até chegar em casa, não quero saber sua reação até te ver. Este e-mail chegará antes de você dormir, quando todos estiverem em casa. Também vou mandar uma mensagem para avisar que enviei um e-mail. Uma mensagem concisa, mas eficaz, que cause preocupação e ansiedade, porque se não, não tenho certeza de que você vai ler um e-mail meu tão longo, já faz muito tempo que você se entedia lendo qualquer coisa que eu escrevo. Será algo como "Precisamos conversar. Dê uma olhada no e-mail que eu mandei." Acho que o truque vai funcionar. Não há nada mais assustador do que a frase "precisamos conversar", confesso que esperava há alguns anos pelo momento em que você me diria isso, e imaginei que tudo o que você me diria seria muito pior e mais grave do que, afinal, eu disse nesta carta. Não estou dizendo que temos que nos separar, que conheci outra, que não aguento mais estar com você. Eu me pergunto se te fiz rir e se te fiz chorar, se te toquei de alguma forma. Será um fracasso não ter conseguido, mas ei, depois de tantos anos, acho que você está praticamente imune à minha habilidade de manipular a linguagem escrita. No restante desta carta, quero fazer a mesma coisa que Bill. Quero que você imagine comigo a minha chegada.

É sábado de manhã, você acordou cedo para fazer o café da manhã do Carlitos, vieram buscá-lo para o jogo. Sergio e Carmen ainda estão dormindo, e você voltou para o nosso quarto, deitou na cama com um chá. Você sabe que a qualquer momento eu vou bater na porta, você antevê que vou estar catatônico e querendo passar o resto do dia na cama, e que vai ter que cuidar das crianças pelo resto do sábado enquanto eu agonizo. Mas, quando batem na porta, não sou eu, é minha prima María, que vem cuidar das crianças neste sábado, vai fazer uma pizza caseira para elas e levá-las ao cinema e depois vão jantar fora e ela ficará para dormir com eles. María vai te dizer que estou esperando você no Hotel Orfila para tomar café da manhã, que eu disse para você se arrumar, pôr o vestido verde florido e um chapéu. Ela também vai dizer para você não me ligar, que meu telefone está desligado, que só vou ligá-lo na segunda-feira, que, por favor, venha sem o telefone. Você já leu esta carta e sabe que estou tentando fazer com que tenhamos um bom dia. Eu te proíbo de pensar no que nos vai custar esta aventura, vai ser caro, não pouparei gastos, talvez precisemos pagar com o seu cartão, mas não importa, se não sobrar para o resto do mês, vamos comer comida congelada, não vão expulsar as crianças da escola, em último caso, vamos pedir dinheiro aos seus pais, que eles têm de sobra, e se não tiverem, que peçam ao marido doente da sua tia. Aviso que se você trouxer seu celular eu vou confiscá-lo, digo mais, talvez até o destrua para evitar que você caia na tentação de usá-lo. Depois do café da manhã, que será longo e farto, com uma garrafa de champanhe (ou duas), iremos ao Prado. Para ver apenas dois quadros, eu já escolhi o meu e você deve escolher outro. O meu é o da Marquesa de Santa Cruz, de Goya. Aquela mulher com uma lira e uma coroa de folhas de videira, que parece te convidar para a cama vermelha onde está deitada, como se oferecesse seu corpo. De lá vamos ao Real Jardim Botânico, e eu vou te levar até o canto das tílias, que está sempre vazio, e ali, sob a sombra das árvores, vou te beijar e apalpar furiosamente, é importante que você use o vestido verde porque vai me permitir te comer até sentado em um dos três bancos ali, esse vai ser meu objetivo, embora tudo dependa de não haver ninguém no canto quando chegarmos. Se não houver ninguém, tudo será mais fácil, se alguém olhar para o canto e nos pegar irá embora desconcertado, talvez até chame um guarda e a gente seja expulso do jardim, como Adão e Eva. Tomara. Depois caminharemos até a Casa Toni, comeremos uma gloriosa orelha de porco e uns torresmos, porque o luxo é sempre mais apreciado quando há um contraste com o ordinário. De lá, já sem forças, voltaremos de táxi ao hotel e não sairemos mais do quarto. Tomaremos um banho demorado com a água quase fervendo, nós dois juntos na banheira, porque vou pedir um quarto com banheira grande e espuma. Lá poderemos falar o quanto for necessário, estaremos trancados lá dentro, não nos vestiremos até domingo e tentaremos encontrar a posição impossível que nos permita adormecer em nossos braços sem que nossas extremidades fiquem dormentes por falta de circulação. Então, no domingo, compraremos churros e iremos para casa logo pela manhã, para tomar café da manhã com nossos filhos, María sairá assim que chegarmos, sentaremos na cozinha e olharemos para eles e ficaremos tão feliz por sermos cinco, por termos criado esta família, e depois do café da manhã passaremos a manhã lendo jornais e pedindo hambúrgueres, e depois veremos um filme juntos, tiraremos uma longa soneca e voltaremos à nossa vida normal, com a lembrança de um dia bom.

Agora você vai para a cama e vai se perguntar se quando o telefone tocar amanhã às nove vai acontecer tudo isso que imaginei, se será María quem cuidará das crianças para que toda essa fantasia seja possível, ou se serei eu, que chegarei exausto e com o sono alterado, pronto para passar o dia inteiro de cueca pela casa enquanto você cuida das crianças. Porque do jeito que eu penso sobre isso neste momento não faz sentido curar com uma dose caríssima de hotel e champanhe o que nem conseguimos diagnosticar, e não posso deixar de pensar que você provavelmente até tenha ficado irritada com a mera sugestão de que um dia de desperdício, embriaguez e abandono de filhos seja a melhor maneira de lidar com esse vago mal-estar, tolerável como uma pedrinha no sapato, que só dói mesmo em algumas tardes de domingo quando você olha para a semana que se aproxima e vê como é parecida com aquela que já se foi para sempre, que só causa angústia algumas manhãs na hora em que acordamos juntos, nos ignoramos e verificamos que, já estando tão perto do nada, não seria melhor escolher a dor e começar a ficar com o que perdemos? Talvez o mais honesto seja que o interfone não toque amanhã e que eu não volte a não ser para levar as crianças para fazer algum programa e depois para devolvê-las.

Como eu estava dizendo, não aspiro a consertar nada, não acho que haja nada que possa ser consertado, apenas aspiro a ter um dia bom de vez em quando, não peço mais do que isso, isso é suficiente para mim. Um dia selvagem e esbanjador, como o que fantasiei no Orfila, ou barato, inesperado, espontâneo, como o de Tierra de Campos, que desabroche inesperadamente, como uma flor às vezes desabrocha na fresta de um muro de pedra. Talvez tivesse sido ainda melhor se eu não tivesse enviado esta carta a você, e se continuasse esperando por esse dia bom, sem te sobrecarregar com a responsabilidade de inventar esse dia comigo, que, desconfio, é algo que só pode levar à frustração.

Talvez eu volte e seja você quem não estará aqui, talvez seja você quem tenha algo a me dizer de que eu ainda nem desconfie, porque é muito provável que o que realmente aconteça é que eu não te conheça, que nem saiba o que se passa dentro de você, que não consiga entender o seu desejo, porque sem dúvida você também deve estar desejando alguma coisa.

Mas fiquemos por aqui com o suspense de saber o que vai acontecer amanhã, que tipo de dia teremos e pelo menos sabemos que não será o mesmo de sempre, que amanhã algo finalmente nos acontecerá.

Te amo. Um beijo.

Luis

tipologia Abril
papel Pólen Bold 70 g
impresso por Loyola para Mundaréu
São Paulo, novembro de 2023